PRÉFACE

Bhopal, novembre 2005

Depuis longtemps, je rêvais de découvrir Sanchi, le joyau de l'art bouddhique. Les photographies en montraient des stoupas[1] énormes aux portails ornés des plus délicates sculptures, au milieu de la campagne. Cet art combinait l'abstraction de la spiritualité aux raffinements d'une mythologie poétique. Sanchi se trouve dans l'Inde centrale, à peu près à mi-chemin entre Delhi et Bombay, une région encore peu développée touristiquement.

Des amis m'avaient déconseillé d'y passer la nuit, l'infrastructure hôtelière y étant plutôt primitive. L'importante ville de Bhopal, distante d'une cinquantaine de kilomètres, m'offrirait en revanche ce que mon sens du confort exigeait. L'ancien siège d'une principauté indé-

---

1. Édifice sacré symbolisant l'esprit illuminé du Bouddha.

pendante sur laquelle avaient régné les riches nababs souverains musulmans est aujourd'hui la capitale du vaste État du Madhya Pradesh, et donc dotée d'excellents hôtels. Bhopal, pour moi comme pour tant de monde, restait sinistrement associée à l'effroyable catastrophe de Union Carbide, fuite de gaz mortel qui avait fait des dizaines de milliers de morts dans les années 1980. Malgré cette référence décourageante, la ville me séduisit d'emblée. Divers lacs dessinaient son plan irrégulier, des palais immenses et croulants se dressaient sur des collines verdoyantes. Des minarets en pierre rose, très fins et très hauts, ponctuaient la vieille ville. Dans le quartier résidentiel, une allée de palmiers menait jusqu'à l'hôtel Jehan Numan Palace, une des anciennes résidences des nababs construite au début du XXe siècle. Il me plut avec ses jardins fleuris, ses pelouses soigneusement tondues, ses grandes galeries blanches à ciel ouvert et ses vieilles photos de souverains exotiques.

Un employé souriant me mena à l'étage jusqu'à une porte d'acajou. Pendant qu'il l'ouvrait, mon regard s'arrêta sur une plaque de bronze luisant, sur laquelle était gravé « Bourbon suite ». J'avais déjà remarqué en passant une « Godard suite », une « senator Jeffrey suite » et autres noms d'inspiration occidentale. Mais pourquoi ce nom de Bourbon en Inde centrale ? Lorsque je posai cette question à l'employé, il me conseilla de demander au concierge. Ce que je fis aussitôt. « Pourquoi Bourbon ? Tout simplement, me répondit-il, parce que c'est le nom d'une des familles les plus proéminentes de Bhopal, une famille très ancienne qui a joué un rôle éminent dans l'histoire de cette région et sur

LE RAJAH BOURBON

Né en 1939, Michel de Grèce est le petit-fils de Georges Ier de Grèce et le fils du prince Christophe de Grèce, qui meurt alors que Michel n'a qu'un an. Sa mère, Françoise d'Orléans, est la sœur de la comtesse de Paris. Il passe son enfance au Maroc et en Espagne, puis s'installe en France. Après des études de sciences politiques, il s'enrôle pour quatre ans dans l'armée grecque. Michel de Grèce écrit des romans historiques en rapport avec son histoire familiale. Ils se déroulent en Grèce, en France ou en Russie (il est un descendant des Romanov). Il vit aujourd'hui entre Paris et New York.

MICHEL DE GRÈCE

Le Rajah Bourbon

ROMAN

JC LATTÈS

© Éditions Jean-Claude Lattès, 2007.

ISBN : 978-2-253-12272-2 - 1re publication LGF

From M. to M.

laquelle circulent beaucoup de légendes. » Je réitérai ma question : « Mais comment cette famille porte-t-elle le nom de Bourbon ? » À l'indienne, le concierge n'avoua pas qu'il n'en savait rien, et me proposa d'arranger un rendez-vous avec le chef de cette famille pour que je puisse l'interroger à loisir. Il feuilleta l'annuaire du téléphone et me fit lire « Bourbon Balthazar, 8 Church road Jahangirhabad ». Il ajouta : « C'est l'adresse de l'école que parraine cette famille, The Bourbon School. » Il composa le numéro. Je l'entendis dire : « Mr Bourbon, j'ai ici un touriste français (je ne le suis pas) qui voudrait vous rencontrer. » Un murmure s'ensuivit. Le directeur raccrocha et se tourna vers moi : « Il vous attend dans une heure. »

Nous quittâmes l'hôtel à la nuit tombante. À cette heure, la rue indienne où déjà règne un grouillement intense dans la journée devient alors un pandémonium. Dans une semi-obscurité, des murs entiers de bicyclettes, de cyclomoteurs, de vespas fonçaient droit sur nous, des chèvres, les buffles, les chameaux se promenaient en toute liberté, des familles bavardaient sur l'asphalte, des enfants le traversaient sans faire attention, des sadous, ces saints hommes squelettiques drapés dans leur voile orange, s'avançaient au milieu des voitures comme si elles n'existaient pas.

Le chauffeur n'était pas de Bhopal, cependant nous atteignîmes sans encombre le faubourg populaire de Jahangirhabad. Nous demandâmes plusieurs fois notre chemin : tout le monde connaissait la Bourbon School, mais les explications indiennes sont telles que plusieurs fois nous fîmes fausse route. Finalement, nous atteignîmes la bonne rue qui sinuait entre des boutiques violemment éclairées. J'aperçus sur ma droite un grand bâtiment laissé dans l'obscurité et surmonté d'un vaste panneau «Bourbon School».

Le portail s'ouvre comme par magie et nous pénétrons dans une vaste cour enténébrée. Apparaît un homme plutôt petit, rondouillard, moustachu et souriant : «I am Balthazar de Bourbon.» Je le salue. Il m'emmène dans une seconde cour au milieu de laquelle s'élève une villa moderne, entourée d'un petit jardin. À côté de la porte, sous une énorme fleur de lys en métal, est gravé en très hautes lettres de bronze doré «House of Bourbon». La famille de Balthazar m'attend, sa femme Elisha et ses trois enfants, Frédéric, vingt ans, Michèle dix-sept ans et le cadet, Adrien.

On me fait pénétrer dans un salon haut de plafond. À la mode indienne, il y règne une température glaciale. Tout le monde s'assied dans de vastes fauteuils. On m'observe avec curiosité, avec sympathie, mais aussi peut-être avec un grain de méfiance. Fort embarrassé, je commence mon explication. «J'ai découvert qu'à Bhopal une famille porte le nom de Bourbon, or c'était le nom de ma mère (Bourbon Orléans peut-être, mais Bourbon tout de même). Pardonnez-moi mon indiscrétion, mais je voudrais simplement savoir par quel hasard vous possédez ce patronyme.» Pour toute réponse, Balthazar se lève, quitte la pièce, et bientôt revient avec un vieux volume visiblement très usé, dont des morceaux de scotch retiennent la reliure en lambeaux. Je déchiffre sur le dos de l'ouvrage : Louis Rousselet, *L'Inde et ses rajahs.* 1875. Le livre s'ouvre presque tout seul à une certaine page que Balthazar me fait lire :

Bhopal 1865. Un jour que j'étais ainsi entouré d'une nombreuse société, fumant le houkah et dégustant des sorbets, quel ne fut pas mon étonnement en entendant annoncer d'une voix retentissante : « Padri Sahib, le seigneur prêtre. » Un instant après, je voyais entrer dans la salle un jeune homme portant le costume des prêtres catholiques. Toute l'assistance se leva, car les musulmans manifestent toujours le plus grand respect pour le costume de nos ecclésiastiques, et je m'avançai vers le prêtre, qui, à ma grande surprise, m'adressa la parole en français. Quelle bonne aubaine ! un Français à Bhopal ! Quand tout le monde se fut assis, le missionnaire me dit : « En apprenant votre arrivée, je me serais empressé de venir vous voir, car il y a longtemps que je n'ai eu le plaisir de me trouver avec des compatriotes ; mais j'ai dû retarder ma visite pour une cause que vous comprendrez facilement. Je réside ici en qualité de chapelain de Madame Élisabeth de Bourbon, princesse chrétienne qui occupe dans le royaume la première place après la Bégum. La princesse espérait beaucoup que vous viendriez la voir dès votre arrivée, elle vous a attendu impatiemment. N'étant que son serviteur, j'ai dû moi-même différer ma visite jusqu'au jour où elle m'autoriserait à venir vous trouver. Je viens aujourd'hui, envoyé par elle, pour vous prévenir qu'elle vous attend dans son palais, demain, à l'heure qu'il vous plaira fixer. » J'écoutais le prêtre parler, mais je ne pouvais en croire mes oreilles. Certes, mon voyage m'a déjà offert bien des surprises inattendues ; mais

*arriver à Bhopal pour trouver un prêtre français cha-
pelain d'une princesse chrétienne, apprendre que cette
princesse est le personnage le plus important du pays,
et qu'elle porte le nom de Bourbon, cela me paraissait
toucher au fantastique, et je regardais le brave ecclésiastique en me demandant s'il n'y avait pas là-dessous
quelque mystification. Enfin je lui promis de me rendre
à l'invitation de la mystérieuse princesse, et il nous
quitta pour aller lui en porter la nouvelle.*

*Quand il fut parti, je questionnai les nobles bhopalais
présents, et ils me confirmèrent les paroles du prêtre. La
princesse s'appelait communément la Doulân Sircar,
c'est-à-dire la Reine des Fiancées, surnom qu'elle avait
pu mériter quelque cinquante ans auparavant, car elle
comptait maintenant soixante-dix printemps ; mais son
vrai nom était Bourboun Sircar, c'est-à-dire princesse
de Bourbon. Il est vrai aussi qu'elle était très riche,
possédait des fiefs importants et occupait le premier
rang parmi les grands vassaux de la couronne.*

*Ma curiosité était vivement surexcitée ; aussi, le len-
demain matin je montai à éléphant, et je me dirigeai
vers le palais de la princesse. Nous nous arrêtons
devant un palais de modeste apparence, mais de vastes
dimensions, et nous sommes reçus par de nombreux
serviteurs armés qui, après nous avoir aidés à descendre de notre éléphant, nous conduisent dans une
grande salle située au premier étage, où nous attend la
Doulân Sircar. La princesse vient au-devant de nous et
nous serre la main chaleureusement. Je suis frappé
tout d'abord par son visage, dont le caractère euro-*

*péen est encore accru par la coloration jaune clair de
la peau. Ai-je donc vraiment devant moi une compatriote, et par quel bizarre enchaînement de circonstances se trouve-t-elle ici, à Bhopal, dans une si haute
position ? Après avoir subi l'interrogatoire habituel,
que la princesse ne m'épargne pas, je l'interroge à
mon tour et j'obtiens d'elle les renseignements les plus
curieux sur l'origine de sa famille...*

*Au XVIIe siècle, arriva en Inde un Européen du nom
de Jean de Bourbon...*

Nous sommes interrompus par Elisha de Bourbon et
ses enfants qui annoncent qu'une collation est servie.
Nous passons dans une vaste salle à manger ornée
d'un énorme aquarium, et d'un encore plus énorme
réfrigérateur. La collation – en fait un repas surabon-
dant – se révèle succulente, une succession de curries
plus délectables les uns que les autres suivis de pâtis-
series irrésistibles. En revanche, pas une goutte de vin,
uniquement des jus de fruits. Je ne peux m'empêcher
de faire une remarque : « Cher Balthazar, ce n'est vraiment pas dans la tradition des Bourbons de ne pas
aimer le vin. » Il éclate d'un rire franc et communica-
tif : « Pour tout vous dire, mes ancêtres étaient de tels
ivrognes que mon grand-père nous a fait jurer de ne
jamais toucher à l'alcool. » Je l'interroge sur lui-même
et sa famille : il est avocat à la Cour, sa femme Elisha
dirige la Bourbon School fondée par sa famille. Le fils
aîné, sympathique et ouvert, réalise des documentaires.
Les deux autres enfants vont encore à l'école. Je
contemple les cinq membres de cette famille hospita-

lière et souriante. Ils sont typiquement, profondément, exclusivement indiens, et pourtant ils portent le nom prestigieux et si français de Bourbon.

Je demande à Balthazar s'il possède des archives familiales et surtout si celles-ci remontent au légendaire Jean de Bourbon. Son descendant hoche tristement la tête. « Je n'ai rien retrouvé, je ne possède aucun papier original. Tout ce qu'il pouvait y avoir a disparu. » Au cours de notre conversation, je découvre que ses connaissances sur la monarchie française, sur la Maison de France, sur la branche des Bourbons restent plus que limitées. Je m'étonne que lui-même, ses parents ou ses grands-parents n'aient jamais entrepris de recherches de ce côté-là. « Mes parents n'en ont jamais eu le temps. Moi-même, j'ai hérité très tôt de lourdes responsabilités. Mon père est mort lorsque j'avais dix-huit ans, laissant à ma charge ma mère et quatre sœurs à marier, ainsi que son cabinet d'avocat. Pendant des années, j'ai assumé mes charges au milieu des pires difficultés. Je n'ai jamais trouvé le loisir de faire des recherches. »

« Pourquoi n'êtes-vous jamais allé en France, ne serait-ce qu'en touriste ?

— Justement parce qu'avec un nom pareil, je ne peux pas venir en simple touriste. Une de mes sœurs est allée en France il y a quelques années, elle voulait visiter un château fermé au public qui avait appartenu aux Bourbons. Elle a sorti son passeport indien avec le nom de Bourbon inscrit dessus, et les gardiens l'ont laissée entrer. »

Car le nom prestigieux s'étale sur leurs papiers d'identité, comme il s'inscrit sur leurs cartes de visite, leurs écoles, leurs maisons, les faire-part de naissance, de mariage, d'enterrement, partout Bourbon, partout des fleurs de lys sur leurs bâtiments, sur leurs papiers à lettres. Je compris qu'ils étaient obsédés par ce passé qu'ils n'avaient pas les moyens d'atteindre et auquel cependant ils ne pouvaient échapper.

Je demandais à Balthazar si Jean, l'ancêtre mythique, avait eu de nombreux descendants : « Autrefois, nous formions un clan d'environ quatre cents familles, dont trois cents étaient établies à Bhopal. Depuis, tous ont émigré, en Europe, en Australie, en Nouvelle-Zélande. Désormais, je suis le seul Bourbon à vivre encore en Inde et même dans toute l'Asie.

— Pourquoi donc vos cousins ont-ils quitté Bhopal ?

— Nous avons eu des ennuis, de gros ennuis. »

Je n'osais insister, car je compris que Balthazar ne m'en dirait pas plus. J'étais cependant intrigué de savoir pourquoi les Bourbons de Bhopal, excepté lui, avaient soudain émigré. Balthazar éluda les questions que je m'apprêtais à lui poser. « Mes cousins ont pourtant laissé derrière eux, ici, le plus précieux : leurs morts. Venez voir. » Il m'entraîna dans la rue. À quelques dizaines de mètres de son compound se dressait dans l'obscurité une vaste église. « C'est mon ancêtre, la princesse Isabelle, celle dont parle Rousselet, qui l'a édifiée au milieu du XIXe siècle. » Nous entrons, il allume. Le sanctuaire est très simple, très dépouillé. Balthazar pousse vigoureusement les bancs pour dégager les pierres tombales en marbre incrustées dans le sol. « Isabelle de Bourbon », « Bonaventure de Bourbon », « Sébastien de Bourbon » : il y en a une dizaine.

Le moment des adieux est venu. Par discrétion, par pudeur, Balthazar ne me le demande pas, mais je devine qu'il aimerait que je l'aide à découvrir la vérité. Qui donc était ce Jean de Bourbon arrivé au XVIᵉ siècle en Inde ? Lui-même, Balthazar, est-il oui ou non apparenté à la dynastie des Bourbons, et donc à la Maison de France ? Le mystère m'intrigue assez pour que je lui promette de faire toutes les recherches nécessaires, et de lui donner la réponse, même si elle se révèle négative et donc décevante.

Je revins à l'hôtel infiniment perplexe, mais convaincu que la réponse, la clef du mystère se trouvait non pas en Inde, mais en France.

À peine de retour, j'entrepris les recherches promises. Elles me permirent de découvrir que je n'étais pas le premier à m'intéresser aux Bourbons de l'Inde. Depuis la révélation par Rousselet dans son *Inde des rajahs*, des chercheurs épars s'étaient penchés sur ce cas. Plusieurs hypothèses avaient été échafaudées sur l'identité de ce Jean de Bourbon, l'une plus invraisemblable que l'autre.

Je revins vers Louis Rousselet, le voyageur français qui s'était révélé « l'inventeur » des Bourbons de Bhopal.

Devant le succès prodigieux de son *Inde des rajahs* parue en 1875, il publia une seconde édition en 1879, mais curieusement il y avait ajouté à propos de sa visite à la princesse Isabelle de Bourbon un paragraphe inédit et essentiel, dont je me demandais quelle était l'inspiration.

À partir de ce détail, je m'engageai sur une piste sinueuse, souvent épineuse, qui, balisée par les indices ou les déductions, s'enfonçait dans les ténèbres de l'Histoire.

1516

« Beau cousin, mon doux ami, c'est à vous que je dois la victoire, et je veux que tous ici le sachent. » Le roi François Ier s'est exprimé d'une voix forte et mâle. C'est d'un ton plus hésitant que lui répond le Connétable de Bourbon : « Sire, vous m'honorez par trop, c'est vous, et vous seul, qui avez conduit vos armées au succès. Vous vous êtes battu, Sire, non seulement comme un roi, mais surtout comme un guerrier héroïque. Par deux fois votre cheval a été blessé sans que vous bronchiez.

— Et vous, beau cousin, que de fois, pendant la bataille, n'avez-vous pas été entouré d'ennemis, comme je l'ai fait noter dans le rapport ! Vous vous êtes battu sans vous épargner, comme un sanglier échauffé. Et c'est surtout à vos qualités de chef d'armée que je rends hommage ce soir. Vous avez organisé le service d'espionnage qui nous a renseignés sur les mouvements de l'ennemi. Vous avez réussi à repousser les Suisses qui voulaient s'emparer de notre artillerie. Vous avez mené une furieuse attaque contre eux, qui les a forcés à reculer.

Marignan, à jamais ce nom retentira dans l'Histoire de France et sera associé à vous, Connétable de Bourbon. »

Le discours du roi retentit sous les voûtes gothiques de la grande salle du château de Moulins. Au retour d'Italie où il a remporté victoire, François Ier a voulu honorer son cousin en s'arrêtant chez lui, l'état-major, la Cour de France et la Cour à peine moins nombreuse des ducs de Bourbon sont réunis pour cette fête. La campagne est terminée pour cette année, aussi l'austérité n'est plus de rigueur. Les hommes rivalisent avec les femmes de velours et de soies multicolores. Les plumes qui ornent leurs bérets de brocarts sont leur apanage, tandis que de lourds joyaux couvrent les gorges et les cheveux des dames de la Cour.

Les convives ont les yeux tournés vers les deux hommes, le roi François Ier et son cousin le Connétable de Bourbon. Tous les deux sont jeunes : le roi a vingt-cinq ans, le Connétable vingt-sept. Tous les deux sont exceptionnellement grands pour l'époque : le roi atteint presque les 2 mètres, Bourbon dépasse les 1,85 m. Tous les deux sont beaux et ont un immense succès auprès des dames. Le roi avec ses yeux en amande, à l'expression caressante, et au sourire voluptueux, est un charmeur. Mais le menton fuyant caché par la barbe trahit sa faiblesse de caractère. Le Connétable, bâti en hercule, garde une expression plus grave. Il a hérité de sa mère italienne des yeux sombres. Son attitude trahit une personnalité indomptable. Son physique offre un contraste saisissant avec celui de sa femme, Suzanne, la duchesse de Bourbon. Elle est petite, menue, légèrement contrefaite, avec une épaule plus haute que l'autre, laisse deviner une constitution faible. Et pourtant, toute son expression rayonne de bonté, de générosité, d'amour. Elle écoute, avec son sourire lumineux et franc, les compliments que lui débite sa voisine de table, Louise de Savoie comtesse d'Angoulême, mère du roi François Ier.

Les deux femmes sont cousines germaines – la mère de Louise étant une Bourbon – mais quinze ans les séparent. Suzanne a vingt-cinq ans, Louise a atteint la quarantaine. Ses yeux s'étirent en amande comme ceux de son fils le roi, mais le nez busqué, l'expression indéchiffrable, le regard sans cesse en mouvement lui donnent un peu l'air d'une musaraigne. Elle félicite sa cousine Suzanne sur le succès du Connétable, et Suzanne ne tarit pas de louanges sur la vaillance du jeune roi. Les deux femmes parlent aussi des inquiétudes qu'elles ont éprouvées, l'une pour son fils, l'autre pour son mari, pendant cette guerre meurtrière. Ce qu'elles ont ressenti durant l'absence de leur bienaimé les rend complices. Comme leurs bien-aimés en évoquant leurs hauts faits durant la campagne se sont liés d'une amitié indéfectible.

Après la mort, deux ans plus tôt, de ce vieux barbon de Louis XII, vieillard souffreteux et lubrique, le roi François Ier a inauguré le règne de la jeunesse, de l'aventure, de l'action, du plaisir. Une génération jeune et dynamique est arrivée au pouvoir avec celui qui rêve de guerres héroïques et d'amours passionnées. Il s'est empressé d'accorder à son cousin préféré Charles de Bourbon l'épée de Connétable, la plus haute distinction militaire du royaume, et il l'a bien entendu emmené dans les guerres d'Italie où le poussait sa jeune fougue de conquérant. Entre-temps, la jeunesse dorée aime s'amuser, et elle a trouvé les divertissements les plus raffinés dignes de son attente en ce château de Moulins. La demeure des ducs de Bourbon est de loin la plus belle de France, bien plus luxueuse que le palais des rois à Paris, ce Louvre démodé. Les invités du Connétable à la fête de Marignan ont été impressionnés par les remparts formidables, par les tours imposantes, et aussitôt séduits par l'immense fontaine de pierre noire lavaire qui se dresse au milieu de la vaste cour. En visitant les appartements, ils ont admiré les tapisseries des Flandres qui forment la plus belle collection d'Europe, les tapis d'Orient, les orfèvreries gigantesques, les meubles fouillés. Ils se sont attardés dans le donjon dit « Le mal coiffé », qui abrite désormais la bibliothèque ducale, une des plus riches au monde. Dans les jardins qui descendent jusqu'à l'Allier, ils se sont promenés entre les pins, les lauriers, les orangers, les citronniers, les noisetiers et ils ont humé le parfum des fleurs les plus diverses et les plus odoriférantes. Ils se sont extasiés sur cette merveille qu'est la grande fontaine en bronze étincelant représentant un artichaut géant. Ils se perdent dans le labyrinthe de verdure où ils vont découvrir les oiseaux rares enfermés dans d'immenses cages dorées et des animaux venus de très loin qu'abrite la ménagerie. Ils ont, pour exaucer leurs moindres souhaits, des centaines de serviteurs portant la livrée ducale, les gentilshommes d'honneur, les écuyers, les chambellans, les pages, les échansons, les huissiers, les hérauts d'armes, les médecins. Chapelains et aumôniers sont prêts à veiller sur leurs âmes.

Avant le souper, les invités ont pu admirer, dans ce joyau d'architecture qu'est la chapelle Saint-Louis, le grand retable d'un génie anonyme qui traversera l'Histoire sous le nom de Maître de Moulins. Il représente la Vierge et l'enfant encadrés par ses donateurs à genoux, les parents de Suzanne de Bourbon, les beaux-parents du Connétable, le sire de Beaujeu, mort une dizaine d'années plus tôt, et sa femme, la formidable Anne de Beaujeu. Cette dernière était la fille préférée de Louis XI, roi de France et immense génie, qui se retrouvait en elle.

Ce soir-là, elle préside la table du roi. Elle seule reste en dehors de l'allégresse générale. Le rire, la joie de vivre ne sont pas dans la nature de cette politicienne hors pair, de cet esprit profond. Le front trop grand et trop bombé révèle un cerveau d'une capacité exceptionnelle. Le nez trop petit, les paupières lourdes ne font pas de la douairière de cinquante-cinq ans une beauté. Les yeux sont plissés au point qu'on peut les croire fermés. Et pourtant, le regard aiguisé comme une dague d'Anne de Beaujeu ne perd pas une miette ni un détail. Et ce qu'elle voit lui donne encore moins envie de sourire. Sans en avoir l'air, elle observe Louise de Savoie, la mère du roi, qui babille affectueusement avec sa fille Suzanne. Elle sait que Louise, sa nièce, la hait depuis l'adolescence. C'est en effet Anne de Beaujeu qui l'a recueillie lorsque, très jeune encore, elle a perdu ses parents. Louise a été élevée dans la Cour alors austère des Bourbons. Elle s'était crue traitée en cousine pauvre et en avait voulu à sa tante. Comme elle ne lui pardonnait pas de l'avoir mariée, à peine nubile, à un vieux débauché de trente ans son aîné, le comte d'Angoulême, qui l'avait ouvertement trompée avec sa maîtresse, et laissée veuve à dix-huit ans. Que Louise la haïsse ne gênait pas la douairière Anne ; femme de pouvoir, longtemps régente de France, pendant la minorité de son frère Charles VIII, elle était bien habituée à susciter la haine par son action énergique et son autorité naturelle. Ce qui l'inquiétait, c'était la nature de cette Louise qu'elle avait appris à découvrir. La mère du roi maîtrisait pourtant admirablement l'art de dissimuler, et l'hypocrisie était son arme favorite. Mais Anne, qui perçait les âmes, la savait cruelle, rapace, intrigante, avide, jalouse, prête à tout pour obtenir ce qu'elle voulait. Or, Anne savait que Louise désirait férocement la fortune démesurée des Bourbons, une impressionnante addition de comtés, de duchés, de principautés, de seigneuries.

Pour comble, l'avide Louise avait des arguments solides pour se permettre de rêver à ce pactole, étant l'unique cousine germaine de Suzanne et sa plus proche parente. Si Suzanne mourait sans enfant, Louise hériterait. Bien sûr, il y avait le mari de Suzanne, le Connétable. Mais Louise, au fond d'elle-même, se sentait plus de droits à l'héritage des Bourbons que lui.

Bien entendu, tout aurait changé si Suzanne et le Connétable avaient eu des enfants. Anne de Beaujeu regardait avec tendresse et tristesse son unique rejeton, cette Suzanne si bonne, cette âme si lumineuse, mais ce corps si fragile, si débile, si peu fait pour la conception et l'enfantement. Depuis dix ans, elle est mariée au magnifique Connétable. De plus, ils s'aiment profondément. Le Connétable, contrairement à l'énorme majorité des princes et gentilshommes, n'entretient aucune maîtresse. Isolé des femmes, il reste entièrement dévoué à cette épouse peu séduisante. Il la respecte, il l'aime. Et pourtant, en dix ans de mariage, le couple n'a pas réussi à avoir d'enfant. Probablement n'en auraient-ils jamais, et alors la voie serait ouverte aux cruelles intrigues et à l'avidité de Louise. Elle a déjà commencé à distiller du poison dans les relations entre le Connétable et son fils le roi. Les deux cousins ont beau s'étreindre et se jurer une amitié éternelle, la campagne qui s'achève a déjà provoqué de graves frictions. Pour cette conquête d'Italie couronnée par la victoire de Marignan, les Bourbons ont avancé des centaines de milliers de livres pour armer les troupes du roi et les entretenir. Or, le gouvernement royal ne se presse pas pour les rembourser. C'est Anne de Beaujeu, elle-même, qui envoie un rappel au gouvernement. Le chancelier de France, une créature de Louise, fait répondre qu'il n'a pas les moyens, et laisse entendre que le train déployé par les Bourbons, justement en ce soir de victoire, leur permet aisément de survivre sans remboursement de dette.

La douairière Anne écume de rage, tout comme son gendre le Connétable, de voir des seigneurs qui se sont bien moins battus que lui, ont bien moins servi leur roi, recevoir pensions et bienfaits de celui-ci, alors que lui-même n'a recueilli que des compliments verbaux. Le roi François est au fond une bonne pâte, mais tout le monde sait qu'il est entièrement dominé par sa mère. Or Louise est décidée à mettre la zizanie entre son fils et les Bourbons, et elle a déjà commencé à agir souterrainement dans ce but.

Sous ses paupières lourdes, les yeux de la douairière Anne cherchent Louise. Elle n'est plus à sa place. À côté de sa fille Suzanne est désormais assise la bonne reine Claude, la femme du roi François. Excellente nature, cœur charitable, mais incapable de retenir un mari adulé et volage. Justement, celui-ci conte fleurette à sa dernière maîtresse en titre, la très belle Madame de Châteaubriant, tout en dansant, ce qui leur a permis de se rapprocher, car le bal a commencé. Dans la tribune, les joueurs de violes et de tabourins de l'orchestre privé des ducs de Bourbon enchaînent danse après danse. Où donc est passée Louise ? La voilà qui virevolte avec le Connétable. Elle a beau porter toujours le noir des veuves, Anne la sait coquette. Les yeux de la douairière se plissent encore plus pour observer sa nièce redoutée comme si elle voulait la percer. Et voilà qu'Anne sursaute. Elle ne peut croire ce qu'elle voit. Louise, la mère du roi, regarde avec adoration le Connétable qui danse avec elle. Anne ne s'y trompe pas. Les yeux de sa nièce trahissent la passion la plus absolue. Ce ne pouvait être qu'une manœuvre diabolique ou alors une infatuation passagère. Peut-être ce soir-là, la mère du roi s'était-elle enivrée. Impossible, conclut la douairière

Anne, Louise était bien trop maîtresse d'elle-même. Veuve depuis plus de vingt ans, on ne lui avait connu aucune aventure, aucune tentation. Elle avait toujours soigné cette apparence d'austérité. Alors que diable lui prenait-il ?

1517

Personne ne peut le croire : la duchesse de Bourbon, Suzanne, la femme du Connétable, est enfin enceinte. Son corps malingre, sa constitution faible et dix ans de stérilité, alors qu'il était d'une importance capitale qu'elle donnât naissance à un héritier, prouvaient qu'elle ne pouvait pas enfanter. En plein été, la duchesse accouche. À la stupéfaction générale, elle ne meurt pas de fièvre puerpérale, et l'enfant survit. Pour comble, c'est un fils. C'est lui désormais l'héritier de la cascade de duchés, de principautés, de seigneuries, de baronnies de ses parents. Leurs sujets laissent éclater leur allégresse. Partout ce sont des feux de joie, des *Te Deum* d'actions de grâces, des banquets et des bals improvisés.

Le baptême de l'héritier sera entouré d'une pompe extraordinaire. Le bébé a déjà été titré comte de Clermont et armé chevalier. Il sera baptisé par l'évêque de Lisieux. Le roi de France François Ier a accepté d'être son parrain.

Pour l'occasion, le souverain vient de nouveau à Moulins. Pour le recevoir dignement, le Connétable a organisé des spectacles nombreux et somptueux. Simulacres de batailles, tournois, affrontements de monstres, toutes ces productions à grands frais tournent exclusivement autour de la guerre, domaine du Connétable. Le baptême lui-même a lieu dans la merveilleuse chapelle Saint-Louis du château de Moulins. Le roi, habillé de blanc et noir – ses couleurs préférées –, se tient d'un côté des fonts baptismaux. De l'autre, tenant le bébé, lui fait face la marraine, la duchesse douairière, Anne, mère de Suzanne et belle-mère du Connétable. Avec majesté, elle se plie au long rite de la cérémonie et tient parfaitement son rôle de marraine. Ce qui n'empêche pas cet esprit fort de réfléchir. En face d'elle, le roi semble parfaitement heureux et pourtant la naissance de cet enfant dont il est le parrain est une catastrophe, car envolées pour sa mère et lui les possibilités de mettre la main sur l'héritage immense des Bourbons. Désormais, les ducs de ce nom ont un héritier. La douairière ne peut s'empêcher de laisser un sourire glisser sur ses lèvres minces, en pensant à la déception et à la rage de la mère du roi, à l'idée de voir cette gigantesque fortune lui échapper. Elle aimerait bien savoir quelle tête fait cette nièce détestée et détestable. Sous ses paupières baissées, son regard cherche Louise. Elle est là, tout près. Elle n'a pas du tout l'air renfrogné, et affiche au contraire une mine extasiée, et, malgré toute l'hypocrisie dont elle la sait capable, la douairière devine que Louise ne simule pas. Elle est visiblement au comble du bonheur, ses yeux ne quittent pas le Connétable. La duchesse Anne manque laisser tomber le bébé qu'elle tient sur les fonts baptismaux. Comment ! Louise est toujours amoureuse du gendre d'Anne ! Non seulement elle l'est toujours mais elle l'est plus que jamais. À tel point que, lors du banquet qui suivra, elle le poursuivra presque ouvertement, ne le laissera pas une seconde en paix, se plaçant toujours à côté de lui, tâchant d'engager la conversation avec lui, lançant des regards incendiaires d'adoratrice pâmée de bonheur. La quadragénaire tout de noir vêtue se risque pour son bien-aimé à des minauderies dont la douairière ne l'aurait pas crue capable. Le Connétable fait semblant de ne rien comprendre. Il est bien trop courtois pour remettre à sa place la mère du roi. Mais ses yeux sombres étincellent de colère : il ne cédera pas à l'absurde passion de Louise. Anne sait aussi que son gendre est un sauvage qui ignore les compromis, les demi-mesures. Elle se demande comment il fera face à cette situation impossible. Elle s'inquiète aussi de la réaction de Louise, car celle-ci ne renoncera jamais à sa grotesque toquade. Louise, qui est le contraire de la spontanéité, du romantisme et de la volupté, est donc éperdument, irrémédiablement amoureuse du Connétable : « la guenon » comme la duchesse Anne appelle sa nièce Louise est devenue folle du « tendron ». Le Connétable a vingt-huit ans, mais pour Anne, il est toujours le tendron. La guenon folle du tendron, que d'embarras en perspective ! Car Louise écrase férocement et sans pitié tous ceux qui osent s'opposer à ses volontés et à ses désirs.

La douairière se reprend pour répondre d'une voix forte à l'évêque qui lui demande quel prénom portera le bébé. « Il s'appellera François », comme le roi, son parrain devenu ainsi son protecteur.

1519

Le petit François comte de Clermont, fils de Suzanne et du Connétable, meurt après une courte maladie à l'âge d'un an. Ses parents, sa grand-mère Anne, sont au désespoir. De nouveau, l'avenir de l'héritage des ducs de Bourbon est en suspens.

Le Connétable et Suzanne se sont mis de nouveau à l'œuvre. Suzanne est de nouveau enceinte. Elle accouche de jumeaux, des garçons… mort-nés.

1521

Suzanne est enceinte pour la troisième fois… et la dernière. Sa constitution encore affaiblie par les grossesses précédentes ne pourrait en supporter une autre. Tout le monde le sait, à commencer par elle, qui a pourtant insisté pour que le Connétable fasse son devoir d'époux. Elle veut à tout prix lui laisser un héritier, dût-elle y risquer sa vie. Au fur et à mesure que l'accouchement approche, l'inquiétude grandit dans la famille et l'entourage de la bonne duchesse Suzanne. Tout le monde est réuni dans le château de Moulins lorsque, un soir d'automne, le labeur commence. Les heures passent, l'accouchement se révèle difficile. Le Connétable est à ce point nerveux que sa belle-mère, la duchesse Anne, l'envoie dans la chapelle du château. Il s'agenouille à même la pierre dure et froide du sol, et regardant la statue de la vierge au doux sourire, il prie de tout son cœur. Beaucoup plus pour sa femme que pour l'enfant à naître. Il veut qu'elle survive, tant pis s'il n'aura jamais d'héritier. À ses supplications enfiévrées se mêlent d'amères réflexions, où apparaissent le roi François et sa mère. Le roi se plaît à humilier son cousin qui pourtant ne lui a montré que fidélité et dévouement. C'est à d'autres qu'il donne les postes de confiance, ce sont d'autres qu'il introduit dans son intimité. Quant à sa mère Louise, à la seule idée de cette femme qui a impudiquement étalé sa passion pour lui, il n'éprouve que répulsion et dégoût. Il voudrait pouvoir ne jamais plus la voir. Il est à ce point emporté par ses tristes réflexions que, bien qu'il soit aux aguets, il n'a pas entendu la porte de la chapelle s'ouvrir…

… « Un fils mort-né. » La nouvelle s'est répandue dans le château et des messagers sont partis l'apporter à la Cour, au roi et à sa mère. « Un fils mort-né… le dernier de sa race… »

Deux semaines, trois semaines se sont passées. La duchesse Suzanne ne se remet pas de son accouchement. Elle souffre de tout son corps affaibli, atrophié. Son mari ne quitte pas son chevet. Avec une tristesse indicible, il voit cette vie tant aimée progressivement s'éteindre comme une bougie. Suzanne trouve encore l'énergie de se tourner vers lui et de le regarder avec toute sa tendresse, lui sourire, prononcer quelques paroles de réconfort. Ils n'en sont plus à feindre, ils savent tous deux que le dénouement approche. « Mon ami, murmure-t-elle, vous ne devez pas rester seul dans la vie. Trop de menaces vous entourent, trop de soucis vous accablent. Je vous supplie, pour l'amour de moi, de vous remarier et d'avoir des enfants. » C'est d'un

ton farouche que le Connétable répond : « Ma mie, il
n'y a eu que vous, et il n'y aura que vous à jamais. » Il
s'est étendu sur la courtepointe à côté d'elle, il prend
doucement sa main dans les siennes et la garde longtemps. Puis il s'accoude et la regarde droit dans les
yeux. Alors, elle a un sourire auquel il répond par un
sourire semblable. Malgré la tristesse du moment, il y a
dans leurs yeux, sur leurs lèvres, une profonde satisfaction, une entière complicité, une sorte de soulagement baignant dans un immense amour. Puis elle ferme
les yeux et très vite s'endort. Le Connétable se penche
vers elle et effleure ses lèvres. Dieu accorde la grâce à
sa servante Suzanne de lui éviter une agonie pénible et
de mourir dans son sommeil.

Son enterrement eut lieu en grande pompe dans le
Panthéon des ducs de Bourbon, en l'abbaye de Souvigny. Sa mère, Anne de Beaujeu, le visage de cire, les
yeux presque entièrement clos, restait impassible dans
ses voiles noirs. À côté d'elle, le Connétable paraissait
aux frivoles dames de la Cour de Moulins encore plus
beau dans son costume de velours noir. Et pourtant,
l'expression de son visage était à ce point sauvage,
farouche qu'il faisait peur à ceux qui le regardaient.
Soudain, à l'étonnement de tous, les traits de son
visage semblèrent se fondre en une grimace incompréhensible, puis il éclata en lourds sanglots. Personne
n'aurait jamais cru le Connétable de Bourbon capable
d'une explosion de sentimentalité. La crise, au lieu de
se calmer, augmenta, et ce fut en titubant, hoquetant,
que Charles dut se retirer dans la sacristie. Anne de
Beaujeu n'avait pas bougé.

Un mois plus tard, le veuf est convoqué à Paris au Louvre. Le roi le reçoit avec toute son affection. Il se montre profondément attristé par la mort de Suzanne et promet à son cousin de tout faire pour le consoler. Il lui alloue un des plus beaux appartements du vieux palais. Chaque soir, il l'invite aux fêtes qu'il donne. Malgré son deuil, le Connétable se sent obligé par courtoisie d'y assister. Il se sent à mille lieues des spectacles somptueux et voluptueux qui se déroulent autour de lui. François Ier le couvre de mille attentions. La mère du roi reste invisible. Le Connétable ne sait toujours pas la raison de cette convocation.

Plusieurs jours se passent, puis, un matin de printemps, se présente chez lui le chancelier de France, Duprat. Cet homme rusé, faux, intrigant, assoiffé d'ambition possède une audace qu'aucun principe, aucune pudeur ne retiennent. Il est la créature de Louise de Savoie qui l'a elle-même placé à ce poste clef. Le chancelier commence par exprimer ses condoléances, puis, d'une voix douce, il se lance : « Voudriez-vous, Monseigneur, ajouter à vos possessions déjà immenses l'Angoumois, la Touraine, l'Anjou et le Maine ? » Aussitôt le Connétable est sur ses gardes : « Et par quel miracle, monsieur le chancelier ?

— Tout simplement en acceptant d'épouser Madame Louise de Savoie, comtesse veuve d'Angoulême, et mère de notre roi bien-aimé. »

Malgré tout son empire sur lui-même et son expérience des choses et des gens, le Connétable en reste atterré. Puis, d'une voix à peine audible, il parvient à chuchoter, la tête basse, les yeux fermés : « Vous voudriez que j'épouse une femme de quinze ans plus âgée que moi, alors que ma propre femme est à peine enterrée ?

— La mère de notre roi a beau ne plus être de première jeunesse, permettez-moi, monseigneur, de vous dire qu'à quarante-six ans, elle a plus d'attraits que n'en présentait, malgré son jeune âge, la feue duchesse, votre épouse.

— Monsieur le chancelier, si je n'étais chez le roi, je vous aurais fait jeter dehors pour ce blasphème. Sachez que j'aimais et que j'aime ma femme, et que je n'éprouve que répulsion pour cette personne sans pudeur à laquelle vous voulez me marier.

— Réfléchissez-y, Monseigneur, la raison impose ce mariage comme la seule solution au problème de la succession de la feue duchesse votre épouse.

— Mes principes m'interdisent de même envisager ce que vous appelez la seule solution. »

Alors, le chancelier abandonne son ton amène pour se faire menaçant : « Madame Louise n'aime pas qu'on lui résiste. Ne vous mettez donc pas inutilement en danger, Monseigneur. » Le Connétable ne le sait que trop, et décide de gagner du temps. « En tout cas, monsieur le chancelier, l'union que vous me proposez demeure impensable du vivant de la mère de ma femme, la duchesse Anne. » Sans rien dire, le chancelier s'incline et quitte l'appartement du Connétable.

Le lendemain même, des avocats de la Couronne choisis et instruits par le chancelier Duprat réclamèrent au Connétable duc de Bourbon la totalité de l'héritage de sa femme. Aussitôt, celui-ci et sa belle-mère prirent les précautions qui s'imposaient. La duchesse Anne rédigea un testament qui laissait à son gendre la totalité des biens hérités de sa fille. Quant au Connétable, il fit un testament qui léguait tous ses biens à sa belle-mère la duchesse Anne.

Le Parlement de Paris, la seule cour de justice habilitée à juger l'affaire, envoya quatre enquêteurs. Les avocats choisis par le Connétable se mirent de la partie. Le Parlement, après plusieurs semaines d'investigations, refusa de donner satisfaction à la mère du roi et ajourna le procès. Le chancelier Duprat fit aussitôt arrêter les quatre enquêteurs nommés par le Parlement dont les conclusions s'étaient montrées favorables au duc de Bourbon.

1522

Anne de Beaujeu, duchesse douairière de Bourbon, mère de Suzanne et belle-mère du Connétable, et de très loin la plus puissante tête politique de France, meurt. Elle est enterrée sobrement, simplement en l'abbaye de Souvigny où reposent déjà son mari et sa fille. Tant qu'elle vivait, la formidable douairière, par son prestige, par sa personnalité, par sa puissance, retenait encore les rapaces. Sa disparition les déchaîne sur le Connétable désormais sans soutien. Par un acte totalement arbitraire, François Ier saisit les biens du Connétable et fit cadeau à sa mère de l'essentiel, le Bourbonnais et l'Auvergne. Le Connétable a beau qualifier cet acte de « vol sans pudeur », il est impuissant à s'en défendre car nul n'ose le soutenir. Il reste seul face à ses ennemis sans scrupule ni retenue.

1523

On est au plus fort de l'été et le Connétable est malade, très malade. Il se trouve en son château de Moulins. Par une pudeur bien inattendue, on ne le lui a pas encore arraché. Il est incapable de quitter le lit, la fièvre le cloue sur place. Il apprend que François Ier approche de Moulins sur la route de Lyon où il se rend pour reprendre la guerre en Italie. Le roi s'arrêtera au château pour saluer son beau cousin. Curieuse visite, bien différente des précédentes car, avant d'arriver au château, François Ier le fait investir et s'en approprie les clefs. Il parcourt les lieux où il a assisté à des fêtes qu'il n'a jamais oubliées et dont il aurait peut-être été jaloux. Que de changements depuis ! Les plus belles pièces d'orfèvrerie ont disparu, probablement mises à l'abri. Les tapis d'Orient sont roulés. Au lieu des nuées de serviteurs empressés, il ne rencontre que quelques valets apeurés. Le roi perçoit la tristesse qui baigne cette demeure, naguère vouée au plaisir. Monté à l'étage, il entre dans la chambre du Connétable, à qui il trouve décidément bien mauvaise mine.

Les deux hommes restent seuls face à face pour cette entrevue suprême. Seraient-ils restés alliés si Louise de Savoie n'avait pas mis la zizanie entre eux, ils auraient formé une paire invincible, capable de mener la France partout à la victoire. Ils ont été amis, et ni l'un ni l'autre ne veut se résigner à l'inévitable. Ils refusent d'accepter qu'en fait tout est déjà perdu entre eux. Le Connétable est en position de faiblesse, il est malade, à la merci du souverain. François Ier est donc en position de force, mais il y a tout de même des règles à respecter. Sa mère lui a révélé, ainsi que le lui ont rapporté ses propres espions, que le Connétable a passé accord avec le pire ennemi de la France, l'empereur Charles Quint, qu'il s'apprête à changer de camp et à entrer au service de ce dernier. L'amoureuse déçue, qui ne laisse en effet rien au hasard, a entouré le Connétable de créatures stipendiées qui lui répètent tout ce qui se dit et ce qui se fait chez lui.

François ne sait pas dissimuler. Il paraît embarrassé en prenant la parole : « Mon cousin, vous n'ignorez certainement pas que je m'apprête à commencer la guerre contre l'empereur. J'ai l'armée la mieux entraînée, l'artillerie, grâce à vous, la plus moderne. Je suis sûr de gagner. Votre place est à mes côtés, venez avec moi vous battre en Italie.

— Sire, vous n'avez qu'à me regarder pour vous rendre compte que je suis incapable de bouger pour l'instant. Si vous ne me croyez pas, demandez à mes médecins.

— Je vous crois, je vous crois, beau cousin – le roi hésite à poursuivre – cependant, certains autour de moi ont conçu des soupçons à votre égard. Il paraîtrait même que vous vous apprêteriez à m'abandonner pour passer à l'ennemi. Cependant, mon honneur de chevalier m'interdit de porter des accusations sans preuve. Et puis, mon amitié pour vous n'a pas changé. Je vous aime comme je vous aimais, dix ans plus tôt, au lendemain de Marignan. Je ne peux pas vous accuser. » Le Connétable est pâle, exsangue, la fièvre le fait suer à grosses gouttes. Sa voix tremble lorsqu'il répond au roi : « Vous devez savoir, Sire, que vous n'avez pas de plus fidèle serviteur que moi-même. Les rumeurs que vous avez écoutées se réduisent à des inventions répandues pour m'aliéner dans votre esprit. » D'un geste amical, François donne l'accolade au Connétable : « Il ne me serait jamais entré à l'esprit qu'un homme aussi noble que vous manigançât des projets aussi déloyaux.

— Comme au jour où vous m'avez fait l'honneur de me nommer Connétable de France, je vous fais serment, Sire, de vous obéir à jamais. »

Les deux hommes se quittent sur ces bonnes paroles, mais François Ier laisse derrière lui, à Moulins, un fort contingent d'hommes d'armes. À tout hasard.

Deux jours plus tard, le Connétable entré en convalescence écrit au roi une lettre pathétique. Il lui jure une fidélité totale, absolue, à la condition que justice lui soit rendue, c'est-à-dire que son héritage lui soit restitué. Il envoie son ami l'évêque d'Autun porter la lettre à François Ier qui se trouve à Lyon en train de préparer sa campagne d'Italie. Pour toute réponse, François Ier fait arrêter le porteur de la missive, bien qu'il soit évêque, et envoie sur-le-champ des troupes ramener le Connétable mort ou vif.

Ce dernier a lui aussi pris ses précautions. Par ses propres espions à la Cour, il est informé des ordres donnés par le roi. Il est décidé à ne pas tomber vivant en ses mains, c'est-à-dire en celles de Louise de Savoie. Il sait ce que signifierait son arrestation. Il serait traîné en jugement et, grâce aux bons offices de la mère du roi, condamné et exécuté. À peine le temps de rassembler l'or, les bijoux, qu'il s'enfuit une nuit du début septembre. Le duc de Bourbon, Connétable de France et cousin du roi, entre dans la clandestinité. Pour donner le change, son cheval et ceux de sa suite ont été ferrés à l'envers afin de faire croire qu'ils entraient dans le château au lieu d'en sortir. Il apprend que sa tête est mise à prix à dix mille écus d'or. Partout, les troupes du roi le traquent. Il décide de réduire sa suite afin d'être plus difficilement repéré. Ses hommes et lui se déguisent, l'un en seigneur, les autres en valets, et se dirigent vers le sud afin de passer en Espagne. Mais arrivés en Roussillon, ils trouvent la frontière tellement bien gardée qu'ils se voient obligés de changer de destination. Ils remontent le Rhône, passent à Valence, manquent d'être reconnus à plusieurs reprises. Ils échappent à plusieurs embuscades, vivent mille aventures plus rocambolesques les unes que les autres.

Après un mois d'errance fiévreuse, ils arrivent à côté de Besançon. Les voilà désormais hors d'atteinte car ils se trouvent sur les terres d'Empire. Alors peut être rendu public le traité secret signé avec l'empereur plusieurs mois auparavant. Depuis que le Connétable est en butte aux attaques de François Ier et Louise de Savoie, Charles Quint, ravi de cette aubaine, n'a cessé de lui faire entendre tous les chants de sirène possibles pour qu'il abandonne son ingrat souverain et le rejoigne. C'est sa belle-mère, la duchesse Anne elle-même, qui lui a fait la recommandation suprême avant de mourir : jamais Louise de Savoie ne lâchera sa proie, aussi n'a-t-il aucun espoir à attendre de son fils. La seule solution, c'est d'abandonner celui-ci et se rallier à l'empereur. Il s'y est résolu peu après la mort de sa belle-mère, et a offert ses services à Charles Quint, qui lui a promis en échange par écrit la main de sa sœur Éléonore, reine veuve de Portugal, une dot de cent mille écus d'or, et la restitution de toutes ses propriétés, qui seraient érigées en royaume indépendant. De fait, le Connétable acceptait que la France soit dépecée à son profit. De la trahison pure et simple.

Abandonné, puis attaqué, pillé par ceux auxquels il avait juré fidélité et qu'il aimait, d'instinct, de naissance, de nature : le roi, la famille royale, sa parenté. Acculé, il s'était allié à l'ennemi, sans se rendre compte que derrière l'homme qu'était son cousin, il y avait un peuple, et qu'en changeant de camp, il se dressait contre ce peuple. Son caractère entier, indomptable et farouche, lui refusait tout compromis. Son amertume sans fond, face aux injustices dont il avait été victime, l'avait poussé à se jeter dans le piège fatal. En dépit de toutes les raisons et de toutes les pressions qui l'avaient poussé à changer de camp, le Connétable de Bourbon restera aux yeux de la postérité l'image même du traître, mais certainement le traître le plus magnifique de l'Histoire.

Le Connétable passé à l'ennemi, ses complices furent arrêtés et jugés. Un seul, cependant, fut condamné à la décapitation : Saint-Vallier, qui lui avait rendu des services signalés dans les mois dramatiques précédant sa fuite. La fille de Saint-Vallier alla demander la grâce de son père au roi. Il la reçut, fut ébloui de sa beauté, lui accorda la grâce de son père, et elle lui donna son corps. Elle s'appelait Diane de Poitiers et commençait ainsi une carrière prometteuse.

La guerre a repris. Trente mille soldats français sont entrés en Italie sous la conduite de François Ier. Le Connétable a été nommé par Charles Quint lieutenant général de l'Empire. Il s'apprête à se battre contre ses compatriotes. Il a changé la devise du Bourbonnais « Espérance » qu'il portait jusqu'alors sur ses armoiries pour cette devise de son invention qui en dit long sur son état d'esprit, *Omnis spes in ferro* : « Tout mon espoir est dans le fer. »

En ce début d'année, les Français assiègent Pavie, la seconde ville la plus importante du Milanais, avec la clef de Milan pour principal objectif. Le Connétable, à la tête d'une armée impériale, arrive pour délivrer la ville. Les Français, une nuit de février, parviennent à ouvrir avec leur artillerie une brèche importante dans les murailles de Pavie. L'armée impériale qui défend les murs de la ville, décimée par l'artillerie française, reçoit l'ordre de reculer. François Ier croit à une débandade.

Il se met à la poursuite des impériaux. C'est ce que voulait le Connétable, caché avec ses hommes derrière les replis du terrain. Lorsque les Français se sont trop avancés à l'intérieur des lignes ennemies, il lâche ses lance-quenets sur leurs arrières. Les Français qui tâchent de résister sont vite submergés. Les Suisses, leurs alliés, prennent la fuite au lieu de se porter au secours de François Iᵉʳ. Celui-ci se bat comme un héros des temps antiques. Attaqué par des impériaux, il frappe de l'épée, de la lance, il tue, lui-même est atteint, heureusement superficiellement, et saigne de vingt blessures légères. Il risque d'être tué par les ennemis qui désormais sont des dizaines à l'assaillir. Lorsque les deux généraux impériaux, le Connétable et le comte de Lannoy, comprennent le danger dans lequel il se trouve, ils parviennent à le dégager. François Iᵉʳ leur rend son épée. Pour les Français, le désastre est total : ils ont perdu dix mille hommes, nombre de leurs généraux ont été tués, et leur roi est prisonnier. Ce jour-là, Charles Quint atteint ses vingt-cinq ans. L'écrasante victoire que lui a obtenue le Connétable de Bourbon, véritable artisan de la défaite des Français, en fait le maître de l'Europe.

François Iᵉʳ a été conduit dans une tente d'honneur. Les médecins impériaux l'ont soigné et pansé. Un souper somptueux lui est servi. Le Connétable lui présente sa serviette, comme le ferait le courtisan le plus respectueux. Dix ans plus tôt, le Connétable a gagné pour François Iᵉʳ, à Marignan, une victoire décisive. Il n'en a été récompensé que par l'ingratitude la plus noire. À Pavie, il s'en est vengé de la façon la plus éclatante et la plus irrémédiable.

1527

Le Connétable attendait de l'empereur une gratitude à la mesure du service qu'il lui avait rendu à Pavie, et tout d'abord, ce à quoi il tenait le plus, la garde de son prisonnier, le roi de France. Or justement, cette responsabilité lui est enlevée. François Iᵉʳ, sur ordre de l'empereur, est expédié à Madrid, sans même que le Connétable soit chargé d'assurer son transfert. Charles Quint, tout en couvrant le Connétable de compliments et d'amabilités, tout en l'enrobant de promesses fastueuses, le confine en Italie pendant que, là-bas en Espagne, il engage des négociations avec François Iᵉʳ, d'où sort le traité de Madrid. François Iᵉʳ cède à l'empereur la Bourgogne et autres provinces qui amputent la France. Le vainqueur et le vaincu se jurent amitié éternelle. En gage, l'empereur offre comme épouse à François Iᵉʳ rien moins que sa sœur, Éléonore, reine veuve de Portugal, celle-là même qu'il avait promise au Connétable dans le traité secret qui les avait unis. Ce dernier n'était pas oublié non plus dans le nouveau

traité. François Ier s'engageait à lui rendre tous les territoires dont il l'avait dépossédé et à ne jamais plus lui en
contester la propriété. Le roi fut libéré de sa prison et, à
peine revenu en France, rompait toutes les promesses
faites au traité de Madrid, à commencer par celles
concernant le Connétable. « Je ne dois rien à ce traître »,
soutint-il. Charles Quint ne protesta pas. Bien que François Ier l'ait honteusement abusé avec des engagements
qu'il ne comptait pas tenir, il était décidé à s'entendre
avec lui. À travers les traités et leurs dénonciations, à
travers les guerres, les victoires, les armistices, l'empereur avait engagé avec le roi de France un dialogue
décisif, essentiel, où nul n'avait part, le Connétable
moins que tout autre.

Alors, celui-ci comprit enfin que Charles Quint
s'était servi de lui depuis le début. Il était parvenu à
ses fins grâce à lui, il n'en avait désormais plus besoin,
et le lâchait. Abandonner l'empereur, revenir en arrière,
il était trop tard pour le faire, le Connétable était allé
trop loin. Il resta donc officiellement au service de
Charles Quint. D'un autre côté, il ne voulait pas licen-
cier l'armée réunie à grand-peine, qui lui était fidèle et
qu'il payait désormais de ses deniers. Pour ce faire, il
fallait trouver un travail à cette armée, c'est-à-dire une
guerre. Sachant que le Connétable en était réduit à
accepter n'importe quelle mission, l'empereur lui en
confia une qui, certes, nécessitait beaucoup d'habileté,
mais qui, en définitive, était bien indigne du premier
général d'Europe : « Mon cher Connétable, je vous
charge d'aller châtier le pape Clément. Cela fait des
années que ce damné Médicis se plaît à me mettre

constamment des bâtons dans les roues. Quoi que je fasse, il se dresse contre moi. Ses intrigues m'ont causé des torts considérables. Cette fois-ci, il a dépassé la mesure et j'ai décidé de le mettre au pas, et de faire un exemple dont lui et mes autres ennemis se souviendront. Allez prendre Rome pour moi, et ramenez-moi prisonnier le pape Clément. » Attaquer la Ville sainte, porter la main sur le Pontife de la chrétienté, en temps normaux, un prince français, un stratège de l'empereur aurait refusé une mission aussi avilissante.

En fait, Charles de Bourbon est devenu un condotierri, un de ces chevaliers d'aventure qui offrent leurs services armés à l'un ou à l'autre. Ils vont à la tête de troupes, par eux rassemblées et payées, guerroyer où on les envoie. Aucun scrupule, aucune pitié ni piété ne les retient. Ces sauvages fous de lucre et de stupre sont devenus la terreur de l'Europe. Le Connétable est parfaitement conscient de son abaissement. Alors qu'il s'était cru appelé à jouer un rôle important sur l'échiquier européen, il doit se rendre à l'évidence et accepter qu'il ne compte plus. Il n'a donc plus rien à perdre.

Marquisat de Mantoue,
Italie, 1527

Jean a six ans. Les cheveux bruns presque noirs, les yeux bleus étirés en amande, il paraît beaucoup plus grand que son âge. Poussé en graine, il est extrêmement maigre malgré un solide appétit. Comme tous les enfants sans parents, il a mûri plus vite. Lorsque le rêve l'emmène dans des domaines de lui seul connus, son regard se teinte de mélancolie mais aussi de profondeur, il semble voir des choses que les autres ne voient pas. Pour lors, ses yeux brillent d'excitation et de joie, car il joue passionnément avec les autres gamins du hameau. À quoi jouent-ils, sinon bien entendu à la guerre, car la guerre est partout. Les troupes italiennes, allemandes, françaises défilent sans cesse sur la grand-route toute proche. On ne demande pas qui est ami ou ennemi. À la moindre alerte, les habitants du bourg se réfugient derrière les épaisses murailles de la Gonzaguina, la ferme-château où réside Jean. Les enfants entendent les adultes répéter les récits d'atrocités, extorsions, pillages, tortures, viols, massacres. De ce quotidien tragique, ils ont fait un jeu. Tout naturellement, parce qu'il est le plus grand de taille, Jean est le chef. Son armée, composée d'une dizaine de va-nu-pieds fils de paysans, se bat sans cesse contre un ennemi omniprésent mais toujours invisible.

Alors que, superficiellement, rien, chez ces gamins, ne les distinguait les uns les autres dans leur comportement, dans leur vocabulaire, dans leur gestuelle, l'observateur aurait cependant remarqué que Jean était différent des autres. D'abord par l'habillement. Son pourpoint, ses chausses avaient beau être usés, ravaudés, couverts de taches, les autres enfants se contentaient de haillons. Alors que ces derniers étaient libres de leur temps pendant que leurs parents travaillaient aux champs, Jean ne restait pas un instant sans surveillance. Même à l'heure des jeux, deux personnages veillaient sur lui, de loin. Dona Carmela avait été sa nourrice avant de devenir sa gouvernante. C'était une grande fille, solide, puissamment bâtie, au rire carnassier, au vocabulaire cru, avec un penchant pour le vin. Généreuse, ouverte, elle réservait à Jean toute son affection, tout son amour. Le père Soragno était une personnalité plus compliquée. Ce dominicain prenait d'ailleurs des libertés avec son Ordre. Il s'était inventé une tenue mi-religieuse mi-civile. Le pourpoint et les hauts-de-chausses du seigneur s'accompagnaient de la cape blanche du moine. Ses écarts ne pouvaient qu'être approuvés par les instances supérieures, ce qui prouvait que le bon père détenait un certain pouvoir. Il paraissait un joyeux drille avec ses plaisanteries, son rire tonitruant, sa carrure de guerrier, et il faisait honneur aux plaisirs de la table. Son regard était perçant et son expression pouvait devenir dure. Même s'il parlait beaucoup d'une voix qui portait, il restait infiniment prudent, discret, réservé. Il paraissait franc, mais on ne savait jamais ce qu'il pensait.

Aussi loin que remontaient ses souvenirs, Jean n'avait jamais connu d'autre lieu que la Gonzaguina. Un siècle plus tôt, les marquis de Mantoue avaient bâti cette forteresse à la limite de leur territoire sans cesse attaqué car leur petit État du nord de l'Italie occupait une position stratégique. Aussi leurs voisins, les importantes principautés ou républiques italiennes comme les puissances étrangères, n'avaient qu'une idée en tête : les assujettir. Puis, les règles de la stratégie ayant évolué, la Gonzaguina avait été plus ou moins abandonnée au profit de nouveaux systèmes de défense. Elle appartenait toujours à l'actuel marquis de Mantoue, Alphonse, dont elle rappelait d'ailleurs le nom patronymique. En effet, la Gonzaguina signifie la petite Gonzague, nom de la dynastie qui régnait à Mantoue. Les fermiers du marquis l'avaient petit à petit occupée, mais malgré cette transformation pacifique, ses murailles toujours en bon état savaient encore résister aux assauts. Jean avec ses mentors, Dona Carmela et le père Soragno, occupaient les anciens appartements d'honneur du gouverneur de la forteresse, des pièces vastes, plutôt délabrées, cependant habitables où des meubles grossiers fabriqués par les menuisiers du domaine voisinaient avec des épaves de la splendeur d'autrefois.

Alentour, le paysage était tristement plat. Les champs se succédaient jusqu'à l'horizon, parfois bordés d'une haie d'arbres maigres. Le fleuve sinuait entre des hautes berges artificielles destinées à l'empêcher de déborder et dont le sommet aplati servait de promenade aux paysans. Proche d'un des principaux axes routiers nord-sud de l'Italie, la Gonzaguina restait cependant à l'écart. Presque personne ne s'y arrêtait. En revanche, ses habitants n'avaient que quelques lieues à parcourir pour aller aux nouvelles dans les gros villages bordant la grand-route.

Pour Dona Carmela, Jean était l'enfant qu'elle n'avait jamais eu. Dénuée de sentimentalisme et de niaiserie, elle l'entourait d'un amour maternel chaleureux et stimulant, mais la gouvernante pouvait-elle, à elle seule, remplacer un père, une mère, des frères, des sœurs, des cousins, des grands-parents ? Jean était seul au monde. Il le savait, il le sentait, il le vivait.

Le père Soragno prenait soin de mêler Jean aux autres enfants du bourg et faisait attention qu'il n'y eût aucune différence dans son traitement. Mais d'un autre côté, il l'en différenciait en l'éduquant. Jean était le seul enfant de la Gonzaguina qui apprenait à lire et à écrire.

Il menait la vie normale d'un enfant de six ans dans un hameau écarté du nord de l'Italie, et pourtant sa présence même n'y était pas normale. Les paysans savaient seulement qu'il s'y trouvait sous les ordres et sous la protection de leur souverain, le marquis de Mantoue. D'instinct, ils devinaient un secret autour de son existence. Ses camarades de jeu, aussi, dans leur attitude involontaire, montraient qu'ils le devinaient différent d'eux, tantôt par des marques de respect qui leur échappaient, tantôt par des coups redoublés, revanche inconsciente contre le maître. Plus petits que Jean par la taille, ses tourmenteurs étaient plus musclés que lui. Avec ses bras trop maigres et trop longs, il se défendait vaillamment. Parfois il avait le dessous, mais jamais il ne leur demandait grâce, et il attendait d'être seul pour pleurer sur son humiliation.

En l'année 1527, le printemps tardait et, à la mi-avril, il ne faisait que débuter. La timide arrivée du beau temps suffisait néanmoins à mettre les enfants dans un état d'excitation. Ils ne pensaient qu'à jouer, ils devenaient intenables et ils disparaissaient sans cesse dans la nature.

Les paysans, quant à eux, ne cessaient de grogner parce que les fleurs des champs, exceptionnellement abondantes, étouffaient leurs blés, parce que les oiseaux – plus nombreux que jamais – volaient leur grain, parce qu'enfin la guerre avait repris. De nouveau, les troupes traversaient le marquisat de Mantoue. Cette fois-ci, les Français, les Allemands, sous le commandement du Connétable de Bourbon, marchaient sur Rome, sur les ordres de l'empereur Charles Quint. Subtilement « chauffés » par leur curé, les habitants de la région étaient indignés. Comment l'empereur, qui était aussi le roi très catholique d'Espagne et qui menait une guerre sans merci contre les hérétiques protestants, osait-il attaquer le Pape ? Serait-il pire que les schismatiques, que les Maures et autres Sarrasins ? Et que dire de son fidèle lieutenant, le Connétable, un traître qui avait perdu tout scrupule, toute décence !

Les paysans haïssaient ces soldats qui s'en allaient en chantant vers Rome. Pourtant, ils se conduisaient beaucoup mieux que d'autres soldats qu'ils avaient vus défiler chez eux dans le passé. Les cinquante mille hommes du Connétable étaient trop nombreux pour n'emprunter que la grand-route. Tous les chemins de la région les voyaient passer, même celui qui faisait un large détour par la Gonzaguina.

À l'arrivée des premiers militaires, les paysans s'étaient vite réfugiés dans la forteresse dont on avait barricadé les portes. Puis, ils avaient observé que les intrus gardaient une certaine discipline et chapardaient moins que leurs prédécesseurs. Ils avaient tout de même remarqué que les lance-quenets allemands étaient bien pires que les mercenaires gascons. Très vite, cependant, ils étaient retournés aux champs qui demandaient leurs bras. Ils travaillaient normalement, restant en alerte, prêts, à la moindre anicroche, à courir s'enfermer dans la forteresse.

Des poules, des agneaux disparaissaient tous les jours. Les soldats demandaient avec un peu trop d'insistance le boire et le manger, mais on ne déplorait jusqu'ici aucun incident grave, ce qui n'empêchait pas les paysans de se plaindre, de geindre sans discontinuer.

Le père Soragno se gardait bien de tout commentaire sur la situation et encore plus de toute critique à l'égard de l'empereur ou du Connétable. Il conservait sa bonne humeur et donnait, comme à l'accoutumée, ses leçons d'écriture à Jean.

Un jour, une estafette arriva à la Gonzaguina, apportant une lettre pour le père Soragno. Il la décacheta, la lut, puis, très calmement, il demanda à un serviteur de lui seller un cheval et à Dona Carmela de serrer quelques effets pour Jean, car tous les deux devaient s'absenter quelques jours. Lorsqu'ils furent prêts, le moine fit monter Jean en croupe et tous les deux partirent vers le nord. Ils rejoignirent la grand-route où ils peinèrent à se frayer un passage tant il y avait de circulation : des régiments entiers venaient à contresens, des voitures, des chevaux se dirigeaient vers Milan. Ils passèrent deux nuits dans des auberges bondées où il fallut toute l'autorité et un peu de l'or du père Soragno pour trouver des lits. À l'approche de la capitale lombarde, ils traversèrent l'immense campement des armées du Connétable de Bourbon, désormais plus qu'à moitié désert. Lorsqu'ils eurent franchi les murailles de la ville, Jean se trouva tout étourdi par tant de mouvement, tant de bruit, tant d'êtres humains. Il contemplait avec ébahissement la foule, les bâtiments, les échoppes. Ils parvinrent à un palais qui sembla immense au petit garçon, défendu par de nombreux gardes. Le père Soragno déclina son identité et ils les laissèrent passer. Ils gravirent un large degré de marbre, ils traversèrent de nombreuses salles pleines de fonctionnaires, de militaires, de courtisans. Jean gardait les yeux au plafond, fasciné par les fresques qui figuraient des olympes entiers. Il était si distrait par ces visions qu'il buta contre nombre de personnages importants.

Ils arrivèrent devant une porte hermétiquement close, gardée par des hallebardiers, armes au poing. De nouveau, le père Soragno déclina son identité à un secrétaire. Ils n'eurent pas longtemps à attendre. Les deux battants de la porte s'ouvrirent. Ils pénétrèrent dans une salle à peine moins grande que les précédentes mais encore plus richement ornée de marbres, de bronzes, de fresques. De nombreux militaires en armure entouraient un homme beaucoup plus grand que les autres autour d'une table couverte de cartes militaires. Son armure noire, la seule à être damasquinée d'or, scintillait. Tous firent silence alors que le moine et l'enfant s'approchaient. Jean fut surpris de découvrir chez son tuteur une attitude humble, presque servile envers le seigneur de noir et or. Le père Soragno poussa doucement de la main Jean vers lui. L'enfant remarqua sa barbe aussi sombre que sa chevelure bouclée, son nez busqué, ses yeux noirs et perçants. Ceux-ci se fixèrent sur Jean avec une telle intensité qu'ils semblaient vouloir le transpercer. L'enfant eut un geste de recul, et en même temps il sut qu'il n'avait pas à avoir peur du seigneur. Au lieu de baisser les yeux, il les posa sur lui. Les regards de l'enfant et de l'imposant chevalier se croisèrent un très long moment. Ce dernier fut saisi d'une émotion profonde, puis il se reprit, et, d'un geste impérieux de sa main gantée de fer, il fit approcher le père Soragno. Il se pencha vers lui et échangea quelques phrases que personne n'entendit. Ensuite, il tendit à Jean un petit objet que celui-ci serra dans ses mains. Puis d'un geste, il les congédia. Quand il fut sorti, Jean tira la manche du père Soragno : « Qui est-ce ?

— Ce fut un héros », répondit énigmatiquement le moine.

Jean contemplait toujours l'objet que lui avait donné le chevalier. Cette blague à poudre contenait l'explosif que les chevaliers utilisaient pour leurs armes à feu. Son cuir sombre était si usé qu'il en était devenu noir. Elle portait au revers un petit écusson grossièrement émaillé. « Ce sont les armes des ducs de Bourbon, un champ de fleurs de lys traversé par une barre rouge », déclara le père Soragno. En observant les armoiries fixées sur la blague à poudre, il était devenu pensif. Jean, qui l'avait toujours connu l'œil partout, l'esprit en alerte et la parole abondante, s'étonna de le voir perdu dans des spéculations inhabituelles.

Ils prirent immédiatement le chemin du retour. Arrivés à la Gonzaguina, le père Soragno convoqua les paysans : « Écoutez, écoutez, Monseigneur le Connétable de Bourbon m'a fait venir à Milan pour me dire qu'il a donné des ordres très stricts afin que ses troupes ne touchent pas à vos champs et ne s'approchent pas de la Gonzaguina. » Hochant la tête et toujours grommelant, les paysans se dispersèrent.

Le flot des troupes du Connétable se tarit et le calme revint dans la région. Les paysans particulièrement occupés aux champs en cette saison ne quittaient pas le domaine. Ils n'allaient pas aux nouvelles et les nouvelles n'arrivaient pas à la Gonzaguina, qui vécut ainsi plusieurs semaines coupée du monde.

Un soir de la fin mai, alors que Jean, avec Dona Carmela et le père Soragno, achevaient leur frugal dîner dans la pièce principale qui servait aussi de salle de classe, ils entendirent frapper vigoureusement à la porte de la forteresse. Bientôt, on introduisit un grand échalas, maigre à faire peur, abondamment moustachu, les yeux flamboyants sous d'épais sourcils poivre et sel. Il se présenta comme le sergent d'Aurigni, fidèle compagnon de Monseigneur le Connétable de Bourbon dans toutes ses campagnes. C'était d'ailleurs ce dernier qui l'envoyait. Le père Soragno lui demanda avidement des nouvelles. D'une voix rauque et comme s'il crachait ses mots, le sergent annonça que Rome était tombée aux mains des troupes du Connétable. Malheureusement le Pape avait réussi à échapper au juste châtiment qui l'attendait. Il s'était enfermé dans le château Saint-Ange et résistait aux assaillants. « Mais, ajouta le sergent, on s'est bien vengé de lui le pape Clément, sa Rome, on l'a mise dans un bel état. »

Voyant l'intérêt de ses auditeurs allumé et sans prendre garde à l'âge tendre de Jean, il se lança avec verve dans le récit du sac de la Ville éternelle. « On a mis le feu à des palais immenses, on a brûlé toutes les églises qu'on trouvait sur notre chemin, mais avant nous en sortions ce qui nous semblait précieux, des joyaux, des cristaux, des brocarts, des meubles incrustés d'ivoire, des aiguières en or, des devants d'autels en argent. On pillait un peu, mais surtout on jetait tout cela au milieu de la rue, on piétinait ces trésors, on faisait passer nos chevaux dessus pour les écraser un peu mieux. Les reliques – il paraît que c'étaient les plus précieuses de la chrétienté – on se les réservait pour les jouer aux dés le soir en buvant autour des feux de camp installés sur les places. On a jugé les cardinaux, car nous avons réussi à en attraper pas mal qui n'avaient pas eu le temps de rejoindre leur patron au château Saint-Ange. On ne les tuait pas, on se contentait de les malmener. Aussi, ils arrivaient devant nos tribunaux improvisés avec leurs capes rouges en loques et pas mal de gnons sur la figure. Nous les terrorisions, leur faisant croire que nous allions les exécuter. En fait, après quelques plaisanteries bien salées, on les renvoyait chez le diable, leur maître, car ces grosses huiles ne savaient rien ! Par contre, les curés, on les torturait, pour qu'ils révèlent les cachettes de leurs trésors, ces sales bêtes avaient beaucoup dissimulé avant que nous ne parvenions dans leurs églises. Chaçun de nous inventait une petite torture de plus, et ils hurlaient, ces bonshommes, ils hurlaient à nous casser les oreilles ! Quant aux nonnes, aux épouses, aux mères, aux filles, on a violé toutes celles qu'on a trouvées sur notre chemin, même les vieilles, même les laides, même les très jeunes. Elles ne hurlaient pas autant que les prêtres, elles couinaient, elles gémissaient, et nous, on riait. Puis, nous avons été vers Saint-Pierre. Partout les mourants nous demandaient de les achever, nous leur donnions un grand coup de pied et on les laissait à leur sort bien mérité. Sur la place devant la basilique, on a vu au milieu une sorte de bizarre colonne, il paraît que ça s'appelle un obélisque. On s'est amusé à le prendre pour cible et on l'a troué de balles. Pas mal de gardes suisses continuaient à lutter. On les a tués jusqu'au dernier. D'ailleurs, pas un n'a demandé grâce. Il y en avait encore à l'intérieur de la basilique avec des prêtres, des moines, qui se défendaient comme de beaux diables. On les a tous massacrés et on a soigneusement empilé leurs cadavres sur le maître-autel. Puis, on a fait entrer nos chevaux dans la basilique et nous l'avons transformée en écurie et en latrines. »

Jean ne comprenait pas tout ce qu'il entendait, mais suffisamment pour savoir qu'il s'agissait de choses tellement épouvantables que c'en était inconcevable. Le moine et la gouvernante, eux, étaient pétrifiés par l'horreur. Le sergent, ravi de l'attention de son auditoire, continua longtemps et probablement en rajouta. Finalement, Dona Carmela parvint à articuler : « Mais, pourquoi toutes ces monstruosités ?

— Ben, pardi, pour venger la mort du Connétable.

— Il est mort ! s'écrièrent Dona Carmela et le moine.

— Comment, vous ne le savez pas ? Il a été tué dès le premier assaut. Comme toujours, il était le premier à l'attaque. Il est monté l'épée au poing sur la première échelle dressée contre les remparts de Rome, mais très vite, un coup de mousquet l'a atteint au côté. Il est tombé. On l'a emmené sous un arbre. La blessure était mortelle, il n'a pas tardé à rendre l'âme. Entre-temps, ses troupes, suivant la tactique qu'il avait lui-même mise au point, avaient pris Rome. Vivant, il n'avait pu conquérir la Ville éternelle, mais mort il l'avait fait.

Aussi, on lui a organisé une entrée triomphale. On a abattu tout un pan des murs de Rome et il est entré, précédé et suivi de son armée, étendu sur une litière, les yeux encore ouverts pour pouvoir assister à son triomphe. On l'a mené jusqu'au Vatican dans ce qu'ils appellent la chapelle Sixtine, on l'a étendu sur un drap d'or et toute son armée a défilé devant lui. »

Jean se sentit pris d'une étrange émotion. Le Connétable, il ne l'avait vu qu'un instant, et encore celui-ci s'était contenté de le fixer sans dire un mot. Pourtant, un sentiment indéfinissable s'empara de lui. Le chagrin se mêlait à la conviction d'avoir perdu son seul appui. Il sortit de sa poche la blague à poudre aux armes des Bourbons et la serra de toutes ses forces dans sa main. Dona Carmela pleurait à chaudes larmes. Elle racontait qu'elle avait connu le Connétable enfant : « Sa mère m'avait emmenée avec elle en France lorsqu'elle avait épousé son père. Elle était si jolie, si douce sa mère, notre Clara di Gonzagua. » Puis, fière de ses connaissances, elle ajouta à l'intention du sergent : « Elle appartenait à la famille régnante de Mantoue, c'était la tante du présent marquis, Alphonse, notre souverain. » Le père Soragno restait renfrogné, moins par émotion que par sens pratique. « Le Connétable est mort et nous restons sans le sou, murmura-t-il lugubre, car c'est lui qui nous faisait remettre de quoi vivre.

— Au contraire, mon père, intervint le sergent d'Aurigni, je vous amène une manne. La veille de l'assaut de Rome, le Connétable m'a fait appeler. Il m'a confié un trésor de guerre destiné à l'éducation de votre pupille Jean », et il posa lourdement sur la table un gros sac qui fit entendre l'agréable tintement des pièces de monnaie. Le père Soragno ne put s'empêcher de l'ouvrir. Il contenait des doublons d'or par milliers. « Le Connétable, poursuivit le sergent, m'a aussi ordonné de rester auprès de vous pour vous protéger s'il en est besoin, et plus tard pour faire de Jean un militaire. » Le père Soragno grimaça, Dona Carmela eut un haut-le-cœur à l'idée que ce soudard, qui avait joyeusement participé aux atrocités de la prise de Rome, deviendrait le maître d'armes de Jean. Mais le moyen de chasser ce fidèle du Connétable ?

Les années passèrent. L'empereur et le pape se réconcilièrent. Le roi de France, déçu par ses échecs dans la péninsule, ferma le chapitre des guerres d'Italie. En revanche, sa rivalité avec l'empereur se poursuivit à coups de guerres, de traités, de changements d'alliances et de rebondissements dramatiques. Même si les États italiens continuaient de temps à autre à se livrer des guéguerres, une sorte de paix était revenue en Italie, qui s'étendait jusqu'à ce coin écarté du marquisat de Mantoue appelé la Gonzaguina. Jean grandissait, Dona Carmela vieillissait, le père Soragno qui avait des lettres, beaucoup de lettres, instruisait désormais son pupille dans les sciences où il excellait : l'histoire, la géographie, les mathématiques ; la littérature, la poésie, il les ignorait, et la théologie était loin d'être son fort. Jean s'emballait au récit des guerres, des batailles, des hauts faits des siècles passés.

Lorsque ses rêves guerriers l'emportaient, il contemplait la blague à poudre du Connétable qui ne le quittait pas. Cet objet lui évoquait celui qui la lui avait offerte, devenu dans son esprit le plus magnifique héros de l'Histoire, et le modèle qu'il voudrait égaler. Le sang de Jean ne mentait pas. Il était fait pour être militaire, et le sergent d'Aurigni l'avait bien compris. Le soudard s'était pris de tendresse pour le jeune garçon. « Il me rappelle le Connétable, répétait-il, et pourtant ils n'ont aucun lien. » Il était devenu un maître d'armes attentif et compétent. Après avoir appris à Jean les rudiments de la guerre, il l'entraînait dans sa voie favorite, l'artillerie. Il avait toujours servi dans ce corps, il considérait ces canons comme ses fiancées, il les aimait d'amour, et sut communiquer ce sentiment à Jean. Il n'y avait à la Gonzaguina que deux vieilles couleuvrines ruinées. Il y suppléa en faisant tailler par le menuisier du domaine des maquettes en bois des pièces d'artillerie les plus modernes. Il constatait avec joie que Jean apprenait vite et se passionnait de plus en plus pour ses canons bien-aimés.

Le statut de Jean demeurait à la fois exceptionnel et nimbé de mystère. Il était membre à part entière de la minuscule communauté de la Gonzaguina. Lorsque, par hasard, un voyageur, un étranger, un commerçant, s'aventurait jusqu'à la vieille forteresse, le père Soragno s'arrangeait toujours pour qu'il ne rencontrât ni même ne vît Jean. Sans l'y forcer, il réussissait à l'éloigner de l'intrus. Jean ne quittait jamais la Gonzaguina et ses connaissances du vaste monde se limitaient à ce que lui en apprenaient le père et le sergent. Sortant de l'adolescence, il n'était pas loin de considérer la Gonzaguina comme une prison et rêvait de découvrir de vastes horizons. En 1539, il atteignit ses dix-huit ans.

Jean continua à dormir dans la même chambre que le père Soragno. Une nuit épaisse et obscure au plus fort de l'hiver, ils furent tous deux réveillés en sursaut par des cris, des fracas. « Tue, tue ! » hurlaient des voix éraillées. Ils entendirent le bruit de vitres qu'on brisait, des portes qu'on enfonçait, des pas lourds qui couraient dans les galeries, ils ouïrent des hurlements de douleur, des gémissements d'agonie, ils reconnurent la voix de Dona Carmela : « Au se… », elle n'eut pas le temps de finir son appel.

Jean se jeta sur son épée, le père Soragno fit de même car le bon moine prenait ses précautions et gardait toujours une arme près de lui. Le sergent d'Aurigni se précipita dans la pièce, sa lourde épée à double tranchant à la main. Il était suivi par les spadassins. Ils étaient douze ou quinze à faire irruption dans la chambre. Une lutte féroce s'engagea. Jean avait pour lui la force et l'énergie de son âge, mais aussi son inexpérience. Il allait recevoir un coup fatal lorsque le sergent d'Aurigni se jeta devant lui et reçut à travers la poitrine le coup d'épée destiné à Jean. Le père Soragno, lui, se défendait comme un professionnel du combat. Il avait certainement dû entrer dans les ordres très tard car, à le voir manier son arme, il devait compter pas mal d'années dans les rangs de l'armée. Jean et lui avaient abattu plusieurs de leurs assaillants, mais il était évident qu'ils ne pourraient pas tenir longtemps. « *Ayuto !* », « à l'aide », hurla le père Soragno. Les paysans n'avaient pas attendu cet appel. Eux aussi avaient été réveillés, eux aussi avaient entendu les cris d'ago-

nie des domestiques et de Dona Carmela. Ils savaient
que les spadassins ne les épargneraient pas, car il ne
fallait aucun témoin à ce genre de crimes. Portant des
torches, armés de leurs faux et de leurs fourches, ils
avaient envahi la cour de la forteresse et montaient à
grande vitesse les escaliers pour venir défendre le père
et Jean. Les assaillants s'en aperçurent. Il y eut chez
eux un moment de flottement. Alors, on entendit dis-
tinctement venu du dehors un coup de sifflet strident
suivi d'un seul mot, d'un ordre. Aussitôt les spadassins
s'enfuirent. Ils coururent sur les remparts, descendirent
les échelles qu'ils y avaient appliquées pour envahir la
forteresse, et disparurent dans la nuit.

L'attaque n'avait duré qu'un quart d'heure. On fit le
décompte des morts : Dona Carmela n'avait pas dû
souffrir, elle avait été égorgée. Le sergent d'Aurigni
avait exécuté les ordres de son maître, le défunt Connétable, il avait défendu Jean même au prix de sa vie. Pas
un seul domestique n'avait survécu. Six spadassins
avaient été tués. Le père Soragno les examina longuement : « Des professionnels, des Italiens, mais ils ne
sont pas d'ici. As-tu entendu, Jean, l'ordre que leur a
donné leur chef invisible et qui les a fait fuir ? » Jean
n'avait pas distingué le mot, il n'avait entendu qu'une
sorte d'aboiement sans en comprendre la signification.
Le père Soragno dit d'un air pensif : « Je suis presque
sûr d'avoir entendu le mot "retraite" en français. Leur
chef serait donc un Français.

— Mais qui ? Pourquoi ? Que voulait-il ? Qui
voulait-il tuer ? demanda Jean.

— Pas le temps de chercher, répondit Soragno, nous

devons partir immédiatement car ils vont revenir en force, ces gens-là ne toucheront pas leur prime avant d'avoir achevé leur tâche, c'est-à-dire nous tuer. » Malgré les prières de Jean en larmes, le père ne lui permit pas d'assister à l'enterrement de Dona Carmela, de d'Aurigni et des autres. « Nous n'avons pas le temps », répétait-il.

Le soleil n'était pas encore levé qu'ils avaient quitté la Gonzaguina sur deux montures de qualité. En quelques jours, ils furent rendus en la république de Gênes. Ils trouvèrent passage sur un navire de commerce espagnol qui se rendait à Carthagène. « Pourquoi l'Espagne ? » demanda Jean qui, jusqu'alors, avait suivi docilement le père Soragno sans poser de question. « Parce que l'empereur qui est aussi roi d'Espagne est l'adversaire le plus acharné du roi François. » Jean dut se contenter de cette explication, à laquelle il ne comprenait rien.

En cette saison hivernale, les vents étaient forts qui poussaient rapidement le navire. Il faisait froid mais beau sur la Méditerranée. Le soleil brillait le jour, et la nuit toutes les étoiles étaient au rendez-vous. Un soir, Jean et le père Soragno étaient restés sur le pont, enveloppés de leur houppelande pour résister à la température, incapables de se détacher du spectacle splendide de la nuit étoilée. Sans avoir besoin de se le dire, ils surent que le moment d'un entretien décisif était arrivé.

Jean attaqua : « Qui suis-je ?

— Je sais que tu t'interroges sans cesse et depuis des années sur ton identité. Je n'ai pu t'en parler pour la bonne raison qu'en vérité je ne sais pas qui tu es. Je sais seulement qu'un épais mystère entoure ta naissance. » Jean s'impatienta : « Il doit tout de même exister des indices ! Quelqu'un doit savoir. Peut-être vous-même en savez plus long que vous ne dites. »

Le père Soragno le calma : « Laisse-moi d'abord te raconter mon histoire. Je suis, comme tu le sais, natif du marquisat de Mantoue. Je suis venu en France à la suite de Clara de Gonzague lorsqu'elle épousa le père du Connétable, et je fis connaissance avec la Cour opulente des ducs de Bourbon. À la mort de Clara, le Connétable, son fils, me demanda de rester auprès de lui. Je passai donc de nombreuses années au château de Moulins. Un jour, c'était en 1521, le Connétable me fit appeler. Je m'étonnai de l'heure tardive et inhabituelle de cette convocation. Je le trouvai seul dans son cabinet, son studiolo, qu'il avait copié des princes italiens. Il me tendit une sorte de panier qui me sembla empli de linges. Au fond des linges, il y avait un nouveau-né, un garçon, toi, Jean. Le Connétable ne me fournit aucune explication sur l'origine de cet enfant, mais il me donna des instructions précises : je devais emmener, la nuit même, ma charge en Italie, dans le marquisat de Mantoue. Le Connétable avait tout prévu, l'escorte qui m'accompagnerait, l'argent qui me serait nécessaire et les lettres destinées au marquis de Mantoue, son cousin germain. J'emportai le nouveau-né, j'arrivai à Mantoue, me présentai devant le souverain et lui remis les lettres du Connétable. Aussitôt après les avoir lues, celui-ci donna des ordres. C'est ainsi que j'arrivai à la Gonzaguina où tout avait été préparé pour nous recevoir. On m'avait adjoint Dona Carmela, qui elle aussi était venue en France avec la princesse Clara, mais à la mort de celle-ci, elle était retournée dans son Mantoue natal. Tous deux, nous avions pour tâche de t'élever, et le Connétable m'avait instamment recommandé de faire en sorte que nul ne connaisse ton existence. Il m'avait dit cela avec cet air terrible que cet homme farouche savait parfois prendre et qui me faisait trembler. Or je me dis que la meilleure façon de te cacher était justement de ne pas t'enfermer mais de te mêler aux enfants du hameau. Ma tactique a réussi puisque, pendant dix-huit ans, personne ni n'a découvert ta présence ni n'est venu nous ennuyer. »

Perdu dans ses pensées, Jean n'écoutait plus le père Soragno qu'il interrompit : « Alors, je serais le fils du Connétable…

— Tu pouvais aussi être le fils illégitime de quelque grand seigneur, de quelque haute dame, parents ou amis du Connétable, auxquels celui-ci aurait voulu rendre service, en cachant une naissance embarrassante et en assurant l'avenir de l'enfant. Cela se fait beaucoup dans les plus illustres familles. Pour dissimuler une bâtardise, c'est une autre dynastie qui s'en occupe.

— Savez-vous, mon père, ce que j'ai subi au cours de ces années pendant lesquelles j'ai lentement pris conscience du mystère qui m'entourait ? J'étais un parmi les autres, et pourtant j'étais différent des autres. Je surprenais des regards, des murmures des femmes du hameau, des allusions que se permettaient les hommes, "qui est-ce ?", ricanaient-ils. Qui suis-je ? Il me faut tout de même une identité. Alors, plutôt qu'un père, une mère inconnus perdus dans les brumes, je préfère croire que je suis le bâtard du Connétable et que désormais ces armoiries qui ornent sa blague à poudre sont les miennes.

— Si tu dis vrai, je ne vois pas pourquoi il aurait à ce point dissimulé ta présence alors qu'il faisait élever au vu et au su de tout le monde une petite bâtarde qu'il avait eue avant son mariage d'une Française dont j'ai oublié le nom. De nouveau, dans les illustres familles, les bâtards, loin d'être cachés, sont étalés au grand jour, presque avec fierté.

— J'ai appris à vous connaître, mon Père, les énigmes vous irritent, l'obscurité vous insupporte, il vous faut la clarté, vous avez certainement inventé une clé au mystère de mon identité ».

Le moine sourit, amusé d'avoir été percé par l'adolescent.

« Il m'est en effet venu une hypothèse, tellement incroyable que j'ai mis du temps à l'accepter. Tu pouvais tout simplement être le fils légitime du Connétable et de sa femme la duchesse Suzanne. Mais pourquoi donc avoir caché ta naissance ? La duchesse Suzanne, c'était connu de tous, ne pouvait plus avoir d'enfants, tu resterais donc le seul héritier de sa fortune démesurée, fortune que depuis tant d'années convoitait ouvertement la mère du roi François, Madame Louise. Or, elle avait déjà assez prouvé que, une fois sa cupidité ou son ambition allumées, rien ne l'arrêtait. Le Connétable et la duchesse Suzanne ont dû se convaincre qu'immanquablement elle réussirait à éliminer leur rejeton. La seule façon de le protéger, c'était donc de dissimuler sa naissance et de le faire élever hors de France dans le plus grand secret jusqu'à ce que les nuages se dissipent, c'est-à-dire jusqu'à ce que Louise parte pour l'enfer où on l'attendait avec impatience.

« Lorsque le Connétable t'a confié à moi, la duchesse Suzanne venait d'accoucher sans qu'au château on connût encore le sexe de l'enfant ni son état de santé. Lorsque je suis arrivé à Mantoue, j'ai appris qu'elle avait donné naissance à un fils mort-né, ainsi que le Connétable l'avait annoncé officiellement. Qui nous dit que cette annonce n'était pas simplement une charade pour dissimuler la vérité ? Cette vérité était que la duchesse avait accouché d'un fils non pas mort-né mais bien vivant, qu'on avait aussitôt fait disparaître de Moulins. Cependant il fallait des alliés pour monter l'affaire. Alors, le Connétable et probablement sa femme Suzanne ont requis l'aide de leur cousin, le marquis de Mantoue, et ils t'ont confié à deux Mantovins de naissance qui avaient bien connu et beaucoup aimé la princesse Clara. Toute sa vie, et même après sa mort, le Connétable t'a très généreusement entretenu par l'entremise du sergent d'Aurigni. Cette preuve de ton identité n'est pas suffisante. C'est une autre preuve que je juge plus significative : notre brève visite au Connétable alors qu'il s'apprêtait à marcher sur Rome, et le cadeau qu'il t'a fait, une blague à poudre sans valeur mais à ses armes. À ses armes ! Te rends-tu compte, Jean, de ce que cela signifie ?

— Vous croyez donc que je suis le fils légitime du Connétable. »

Le père Soragno prit un long moment pour réfléchir

avant de répondre : « Je le crois en effet, mais je n'en ai aucune preuve.

— Est-ce que je ressemble à mes parents ?

— On pourrait dire que tu as le poil sombre et le teint du Connétable, ainsi que les yeux bleus en amande de la duchesse Suzanne, mais il ne faut pas donner trop d'importance aux ressemblances.

— Avez-vous imaginé, mon Père, quelles auraient été les intentions du Connétable concernant mon avenir ?

— Peut-être espérait-il, après la prise de Rome et si tout allait bien, te faire venir auprès de lui. Madame Louise, la mère du roi, ne représentait plus un danger. Traître à la France et à son roi, le Connétable n'était pas en mesure de revendiquer son héritage sur lequel, par ailleurs, elle avait déjà mis la main. Il pouvait donc, sans risques, faire connaître ton existence. Mais il est mort. Je n'ai pas bougé. Huit ans plus tard, Madame Louise est morte. Je n'ai toujours pas bougé. Sa disparition levait pourtant la menace qui pesait sur toi. Cependant, j'ai préféré m'en tenir aux instructions du Connétable et continuer à t'élever dans le plus grand secret. L'attaque brutale et inopinée dont nous avons été les victimes m'a prouvé que j'avais eu raison. Je ne me suis tout de même pas trompé, j'ai bel et bien entendu le chef des spadassins prononcer en français leur ordre de retraite. Donc, si leur chef était français, on peut supposer que leurs commanditaires étaient français. Ce n'étaient pas des brigands, des pillards, ceux qui ont manqué nous faire passer de vie à trépas, c'étaient des assassins payés pour tuer. Pour tuer qui ? Quelques paysans, un moine, une vieille femme, un sergent à la retraite ? Bien sûr que non.

C'était toi qu'ils venaient éliminer. Cela prouve que la mort de Madame Louise n'a pas levé la menace qui pèse sur toi. Pourquoi veut-on te supprimer ? Qui le souhaite ? Peut-être tout simplement l'héritier de Madame Louise, le roi François. Songe que, s'il était prouvé qu'un fils légitime du Connétable de Bourbon existe, le roi de France devrait lui rendre un immense héritage dont, pour l'instant, il profite bien. Mais là encore, j'en suis réduit aux spéculations, je n'ai pas de preuves.

— Et maintenant, qu'allons-nous devenir, que vais-je faire ?

— Tu as atteint tes dix-huit ans, c'est à toi à décider.

— Je suis tenté d'aller en France chercher les preuves de ma naissance et de réclamer mon héritage. Fils du Connétable, je serai un des premiers seigneurs d'Europe. Pour l'instant, je ne suis rien.

— Si, tu es toi. »

Et le père Soragno d'énumérer les qualités qu'il avait additionnées chez son pupille. La réponse, bien que flatteuse, n'éclaira pas la lanterne de Jean. Il voulait avoir du temps jusqu'à leur arrivée en Espagne pour songer à la façon dont il prendrait son destin en main. Il n'en eut pas le loisir.

Égypte – 1539

Au lendemain de cette conversation, le navire, en milieu de matinée, voguait poussé par un vent assez fort. Le temps était magnifique, il faisait presque chaud. Soudain, la vigie lança un cri d'alarme. Le capitaine ajusta sa longue-vue, puis, accablé, laissa simplement tomber : « Les barbaresques. » Bientôt, Jean, le père Soragno et les passagers, pour la plupart des marchands cossus, purent distinguer au loin une voile qui grandissait rapidement. C'étaient des pirates barbaresques, la terreur de la Méditerranée. Le navire ennemi se rapprochait inexorablement. Le capitaine se voulut rassurant : son navire était prêt à toute éventualité, l'équipage était nombreux et bien armé, ils avaient de quoi repousser les pirates. Ceux-ci apprendraient qu'on ne s'attaque pas ainsi impunément à un navire espagnol ! Au père Soragno qui se tenait à ses côtés, il fit entendre un tout autre son de cloche : « Les barbaresques, lui chuchota-t-il pour ne pas être entendu des autres, ont des espions dans tous les ports de la Méditerranée. Ils connaissaient notre départ, notre chargement, notre direction. Ils n'ont eu qu'à nous attendre. Nous ne pourrons pas tenir contre eux, nous n'avons aucun espoir. » Cette constatation, les riches marchands ne l'entendirent pas, mais Jean n'en perdit pas un mot. Ce qui le décida à vendre chèrement sa peau. Les marins de l'équipage qui, eux, connaissaient les barbaresques partageaient le pessimisme du capitaine. Jean sentit chez eux un net flottement.

Le navire ennemi n'était plus qu'à quelques encablures et l'appareil dont s'entouraient les pirates n'était pas pour rassurer, leurs vêtements bariolés, les sabres qu'ils agitaient en l'air, leurs formidables moustaches, leurs trognes terrifiantes, les hurlements qu'ils poussaient avaient de quoi saper le moral des plus courageux. Cela faisait d'ailleurs partie d'une tactique délibérée. Ils lancèrent leurs filins, sautèrent sur le pont et assaillirent les matelots. Ceux-ci se défendirent mollement. Quelques blessés, un ou deux morts, et aussitôt ils se rendirent. Retranchés sur le pont arrière, le père Soragno, le capitaine et Jean protégeant les marchands serrés derrière eux se défendirent vaillamment. Le père Soragno cria à son pupille : « Le capitaine et moi, nous n'avons rien à perdre, mais toi, rends-toi immédiatement, tu auras ainsi une chance. » Pour toute réponse, Jean se battit avec une ardeur accrue, mais tout fut inutile. Les trois hommes désarmés furent encadrés ainsi que les autres prisonniers par les pirates armés jusqu'aux dents. Il n'y eut pas besoin de demander aux marchands leurs armes, ils n'avaient pas un instant songé à se défendre, ils savaient qu'ils seraient épargnés…

Toute résistance écrasée, le tumulte cessa et le côté méthodique des pirates barbaresques prit le dessus. Ils commencèrent par transporter sur leur navire toutes les marchandises, tous les objets, tous les biens, et en général tout ce qui pouvait être utile sur le navire marchand. Ils agissaient avec le plus grand ordre et sans hâte, visiblement entraînés à cette tâche. Puis ils s'occupèrent des prisonniers, et se livrèrent à un tri parmi eux. D'abord les esclaves potentiels, c'est-à-dire les hommes jeunes et donc vigoureux, presque tous les matelots et Jean. Ensuite, « les rançons », c'est-à-dire les riches marchands. Ceux-ci seraient emmenés en captivité, plutôt bien traités, et au bout d'un certain temps, si leur rançon n'était pas arrivée, ils seraient tout simplement décapités. Mais tous pouvaient et voulaient payer, et cela, les pirates le savaient. Enfin, « les inutiles », c'est-à-dire les hommes trop vieux pour être vendus comme esclaves et trop pauvres pour payer une rançon, c'est-à-dire quelques matelots, le capitaine et le père Soragno. Ils avaient commencé par les matelots, les traînant sans pitié malgré leurs supplications et les avaient jetés par-dessus bord. Le capitaine, lui, s'était laissé faire, gardant les lèvres serrées, mourant avec dignité. Ils prenaient maintenant le père Soragno lorsque Jean voulut intervenir. Il cria en italien, langue qu'il avait entendu le capitaine des pirates baragouiner : « Le père est au service du roi de France depuis de nombreuses années. Celui-ci ne vous pardonnera pas de l'avoir tué. Moi-même, je suis sujet du roi de France. Tremblez devant sa vengeance si vous touchez à un seul de nos cheveux. » Le pirate éclata d'un rire tonitruant, et dans un sabir italo-hispano-arabe que Jean parvint pourtant à comprendre, il éructa à son adresse : « Ne sais-tu pas, freluquet, que si nous sommes ici, c'est non seulement avec la permission mais sur la demande expresse du roi de France qui a fait alliance avec l'ombre d'Allah sur terre, le padichah[1] Soliman ? Le roi de France a prié notre maître Barberousse, souverain de l'Algérie, lieutenant du padichah, d'envoyer ses combattants invincibles attaquer tous les navires portant pavillon de l'empereur roi d'Espagne. Français, tu seras vendu comme esclave avec la bénédiction du roi de France ! », et en riant, le pirate esquissa le geste de bénédiction d'un prêtre chrétien. La rage donna à Jean une force nouvelle. D'un mouvement, il se dégagea des pirates qui le tenaient, attrapa le sabre de l'un d'eux, et se jeta sur leur capitaine. Un autre pirate fut plus rapide que lui, avec la poignée de son propre sabre, il donna sur la tête de Jean un coup si fort qu'il le fit instantanément tomber dans l'inconscience. C'est dans cet état qu'il fut transporté à bord du navire pirate avec les autres prisonniers. Il ne vit donc pas le père Soragno sauter de lui-même dans la mer plutôt que d'y être poussé par les pirates. Il ne vit pas non plus les pirates mettre le feu au navire marchand qui, lentement, s'abîma dans les flots de la Méditerranée.

Jean se retrouva à fond de cale, enchaîné avec les autres marins destinés à l'esclavage. Chez les autres, c'était le désespoir. Chez lui, c'était l'humiliation. Dans cette vaste cale s'étalait toute la misère humaine. Tout le temps, Jean pensait au père Soragno. Lui disparu, il

---

1. Le sultan ottoman.

retrouvait avec un sentiment accru cette solitude qui l'accompagnait depuis la naissance. Personne de vivant à qui penser, personne de vivant à aimer, personne de vivant pour l'aider. Mais lorsqu'il entendait des marins gémir à l'idée de ne jamais revoir leurs parents, leurs femmes, leurs enfants, il se disait que peut-être son sort était plus enviable que le leur. Cependant, en ressassant les éléments de sa courte vie, il se demandait s'il n'était pas né sous une mauvaise étoile et si la vie qui lui restait à parcourir ne continuerait pas à être marquée par le malheur. Esclave, il était destiné à le rester jusqu'à sa mort, car l'esclave ne s'échappait jamais.

Pourtant, de temps à autre, pointait une bizarre conviction venue du plus profond de lui-même que tout n'était pas aussi noir qu'il semblait. Il avait confiance en lui-même, et puis, dans un recoin de sa conscience, il refusait d'admettre que son existence se limiterait à sa condition d'esclave. Le traitement qu'il subissait avec ses compagnons d'infortune diluait ce brin d'optimisme. Dans la cale étouffante où ils étaient serrés les uns contre les autres, ils respiraient à peine. Les gardes-chiourme leur jetaient juste assez de nourriture pour les empêcher de tomber d'inanition. Leur but était de briser le plus rapidement possible la volonté de ces hommes jusqu'alors libres. Ils frappaient au hasard avec leurs gourdins, ils punissaient du fouet au moindre murmure de protestation, ils hurlaient du matin au soir. Affaiblis, terrifiés, les hommes furent bientôt incapables de réagir. Sentant que Jean était différent des autres, et donc une forte tête, les brutes s'en prenaient surtout à lui. Son corps se couvrit d'ecchymoses et de traces sanglantes laissées par le fouet. Les gardiens, s'ils savaient infliger le plus de souffrances possible, prenaient bien soin de ne pas trop abîmer la marchandise. Au bout d'une dizaine de jours de navigation, lorsqu'ils arrivèrent à Alexandrie, Jean sentit fondre toute sa volonté de résistance.

Au débarquement les attendait la bureaucratie égyptienne, car ils passaient des mains du capitaine pirate à celles des marchands d'esclaves. Leurs employés assis derrière des bureaux chargés de gros registres évaluaient chaque pièce. Ils examinaient la santé, les caractéristiques des esclaves un par un, et inscrivaient le résultat de leurs expertises, la taille, le poids, l'état de la denture, l'âge, la force, les traces de maladie. Pour chacun, l'acheteur fixait un prix. Le chef pirate s'arrachait les cheveux. Le marchandage durait longtemps pendant que les esclaves attendaient sous le soleil brûlant. Puis, la comédie – car en réalité il s'agissait bien d'une pièce, toujours la même, jouée par des acteurs, toujours les mêmes – donc lorsque la comédie s'arrêtait, la somme était comptée au chef pirate et le marchand emmenait ses achats sur une felouque. Les marins levaient les voiles et le navire commençait à remonter le Nil. Pour éviter les bancs de sable, il n'était pas profond, il ne possédait pas de cale, aussi les esclaves étaient-ils enchaînés sur le pont. L'impitoyable soleil égyptien les frappant du matin à la tombée du jour, leur peau rougissait, se fendait, leurs corps brûlaient, ils gémissaient pour une gorgée d'eau que leurs gardiens leur refusaient. Jean n'avait plus qu'une idée en tête : garder la raison. Il regardait défiler les rives attrayantes où s'étalaient des champs verdoyants arrosés par un savant système de canaux qui alternaient avec des palmeraies. Il contemplait l'existence paisible et active des paysans dans les villages. Il envia ce bonheur modeste qu'il ne connaîtrait jamais.

Il leur fallut plusieurs jours pour atteindre Boulaq, le port du Caire. Autrefois, la ville s'étendait loin des rives du Nil, mais depuis, elle avait débordé de ses murailles médiévales et mangé petit à petit les opulents vergers qui s'étendaient entre elle et le fleuve. Désormais, Boulaq et Le Caire ne formaient plus qu'une seule ville.

La felouque à quai, les esclaves descendus et enchaînés les uns aux autres empruntèrent à pied la route dite de Boulaq sous la conduite du marchand et de ses commis. L'épuisement les rendait quasi incapables d'avancer et les gardes-chiourme les frappaient avec une cruauté activée par l'approche du but. Ils traversèrent ainsi des faubourgs où subsistaient encore quelques vergers. Ils franchirent les remparts du Caire par la porte Bab Futua. Exsangue, hagard, Jean se sentit complètement ahuri par le bruit, les mouvements, les odeurs, les couleurs qui les entouraient de toutes parts. Milan qu'il avait visité une fois dans son enfance lui parut un village en comparaison. Jamais il n'aurait imaginé qu'il pût y avoir une ville tellement grande et tellement peuplée. Ils durent ralentir le pas car, malgré les injonctions du marchand, ils arrivaient difficilement à avancer au milieu de la foule dense. Il se sentait dégradé, avili, forcé qu'il était de défiler ainsi en haillons, à demi nu, enchaîné comme un criminel, fouetté comme une bête de somme, mais personne ne faisait attention aux esclaves.

Ils arrivèrent ainsi dans un vaste caravansérail exclusivement destiné aux esclaves. Il y en avait venus de toutes les parties du monde, enfermés dans de grands hangars qui bordaient sur trois côtés une vaste cour, au milieu de laquelle se trouvaient les bureaux des marchands. Les esclaves restèrent enchaînés par lots, Jean faisant partie de celui des marins du navire espagnol. On les laissa stagner pendant plusieurs jours dans leur crasse, leurs déjections, leur misère. Certains esclaves tombaient malades, leurs gardiens aussitôt alertés les emmenaient on ne sait où – en tout cas, ils ne réapparaissaient pas. Le plus profond silence régnait dans les hangars car il était interdit de prononcer le moindre mot. On attendait le jour hebdomadaire consacré à la vente des esclaves.

La veille, Jean et les marins furent détachés et envoyés se laver au hammam du caravansérail. Ils reçurent des vêtements neufs et une double ration de nourriture. La vente approchait, et on astiquait la marchandise. L'appréhension serrait le cœur de Jean et de ses compagnons. Il se demandait à quoi ressemblait l'univers étroit dans lequel il serait enfermé pour le restant de ses jours. Cependant, malgré tout ce que lui avaient fait subir ses gardes-chiourme, il apercevait très loin, au bout du tunnel où il se trouvait, une lueur minuscule.

Le lendemain matin, assez tôt, les gardes-chiourme les houspillèrent. Levés, habillés, nourris, ils furent alignés dans la cour du caravansérail avec les esclaves des autres lots. Les marchands paraissaient nerveux. Les esclaves comprirent qu'ils attendaient une visite importante. Les chuchotis de leurs gardiens leur apprirent qu'il s'agissait de celle de Omer Bey, un des six assistants du vice-roi d'Égypte, inspecteur de l'armée, et donc chef recruteur. Sa position lui donnait le droit d'inspecter les esclaves avant que ceux-ci ne soient mis aux enchères. Il avait donc le premier choix pour remplir les rangs de son armée. Un brouhaha annonça à Jean que le personnage important était arrivé.

Entouré d'un aréopage de militaires et de fonctionnaires, Omer Bey s'approchait. Ce barbichu rondouillard aux yeux fureteurs portait une djellaba et une abaya blanches brodées d'or, et il s'était coiffé d'un haut turban vert. De tous les lots réunis pour son inspection, il ne choisit que trois gaillards, le lot de Jean se trouvait être le dernier. Il eut à peine un regard pour les marins compagnons d'infortune de Jean, qui n'ayant pas été retenus par l'inspecteur de l'armée, seraient vendus un peu plus tard aux enchères. Il s'arrêta longuement devant Jean. Il était face à un grand et beau garçon, puissamment mais aussi élégamment bâti, les yeux bleus étirés, des cheveux presque noirs, à la mine avenante et au regard tellement clair qu'il en devenait transperçant. Dans le jargon italianisant qui semblait la langue internationale de la Méditerranée, il lui demanda d'où il venait. Celui-ci expliqua qu'il avait été élevé dans une ferme du nord de l'Italie. « Tu n'as pourtant pas l'air d'un paysan.

— Je n'ai pas connu mes parents, ils sont morts à ma naissance.

— En tout cas, ton allure ne trompe pas, tu es à n'en pas douter le rejeton d'une très grande famille. »

Puis Omer Bey, se tournant vers un de ses lieutenants, aboya des ordres dans une langue que Jean comprit être le turc. Deux gardes le saisirent et l'emmenèrent. Ils traversèrent Le Caire pour arriver au bas de la formidable citadelle qui dominait la ville, édifiée par le fabuleux Saladin sur un éperon rocher aux confins du désert. Jean, encadré par ses gardes, escalada la rampe, passa sous l'imposant bastion d'entrée et pénétra dans une véritable ville : la citadelle comprenait des palais dont celui du vice-roi Daoud Pacha, des mosquées, des hammams, des bâtiments administratifs, des jardins, des magasins d'armes, des hangars où étaient entreposées des réserves de blé pour faire face aux famines, et enfin plusieurs casernes. C'est dans l'une de celles-ci que Jean fut conduit.

Dès le lendemain, son entraînement commençait. Il fut soumis à un rythme tellement intense qu'il n'eut même plus le loisir de penser. Réveillé dès l'aurore avec une dizaine des jeunes recrues qui partageaient son dortoir, il avait à peine le temps de se préparer. Toute la journée était consacrée à l'exercice. Le soir, il était tellement épuisé qu'il tombait comme une masse sur sa couche. Les maîtres n'étaient pas cruels, mais exigeants et sévères. Ils n'étaient pas injustes, mais ils punissaient pour la moindre faute. Un moment d'inattention recevait son châtiment. Ce régime, en occupant Jean tout son temps et en lui soutirant ses forces jusqu'à l'épuisement total, prévenait toute tentation de désespoir. Mais il avait l'impression d'avoir perdu sa personnalité, son identité.

Au bout d'un an d'entraînement, il fut jugé mûr pour être envoyé sur le front. L'Égypte connaissait des conflits endémiques qui la saignaient, la guerre au Yémen, province perpétuellement insoumise, et les révoltes des tribus bédouines. Jean n'éprouvait aucune haine contre ces ennemis du gouvernement égyptien. Il aurait plutôt sympathisé avec leur cause qui était celle de la liberté. Cependant, dès le premier engagement, il comprit que c'était lui ou eux. Ils ne lui feraient aucun quartier, et, pour survivre, il devait se défendre… et tuer. Son atavisme parla aussi. Il aima se battre contre des ennemis aussi dangereux, aussi valeureux, aussi indomptables.

Ses supérieurs ne furent pas longs à noter ses qualités. D'abord, Jean se montrait étonnamment résistant au climat impitoyable du désert, à la fatigue physique, au danger. De plus, il savait prendre l'initiative lorsqu'il le fallait. Il se révélait un chef-né. Ses hommes l'idolâtraient, et il aurait pu leur demander n'importe quoi. Il se découvrit une passion pour l'artillerie : on le trouvait toujours autour des canons en train de les nettoyer, de les réparer. Il suggérait des améliorations pour leur pointage, pour leur transport. Il n'était pas loin de les aimer comme des êtres humains. En réalité, les canons étaient ses seuls amis comme ils avaient été ceux du sergent d'Aurigni. Jean se croyait seul, et pourtant il ne l'était pas tout à fait. À son insu, son comportement et ses succès étaient soigneusement notés par ses supérieurs et faisaient l'objet de volumineux rapports régulièrement envoyés à Omer Bey, l'inspecteur de l'armée qui les transmettait à celui qui les lui avait commandés. De loin, et sans qu'il s'en doutât, les progrès de Jean étaient suivis avec la plus grande attention.

Six ans se passèrent ainsi. Jean était devenu une redoutable machine de guerre, discipliné, infatigable, efficace. Mais où donc était son âme ? Peut-être lui-même l'ignorait. Un beau jour, il fut versé dans le régiment le plus prestigieux, chargé de défendre Le Caire d'une éventuelle attaque ennemie. Il ne comprit pas ce qui lui avait valu cette soudaine promotion, ses supérieurs non plus, malgré les galons qu'il avait su se gagner. Sa nouvelle caserne, elle aussi située dans l'enceinte de la citadelle, était beaucoup plus aérée, spacieuse et confortable que la précédente. Il bénéficia aussi de permissions étendues : il pouvait entrer et sortir à sa guise de la citadelle, se rendre en ville et y rester pendant tout le temps qu'il avait de libre. Il eut enfin beaucoup moins à faire. Aucun ennemi ne se profilait pour attaquer la capitale, aussi le travail devenait-il une routine. Avec la routine vint l'ennui, et avec l'ennui vint le vague à l'âme.

Un soir, après le dîner, Jean se trouvait avec ses camarades officiers dans la salle qui leur servait de mess. À son habitude, au lieu de prendre part à leurs conversations, il se tenait à l'écart, perdu dans ses rêveries. Un page, portant la livrée du vice-roi, entra dans la pièce et s'approcha de lui. Il lui demanda de le suivre. Étonné de cette invitation et de son heure tardive, Jean suivit l'adolescent à travers plusieurs salles de la caserne jusqu'à un étroit escalier habilement dissimulé dans la muraille. Le page l'invita à le monter, puis disparut. Jean obtempéra. Les marches étaient raides, étroites et très nombreuses. Aussi arriva-t-il quelque peu essoufflé dans une salle vaste, mais surtout si basse de plafond qu'il aurait pu le toucher en levant le bras. L'y attendait un homme encore jeune, à côté duquel Omer Bey se tenait dans l'attitude la plus obséquieuse. Puissamment mais lourdement bâti, ce blond aux yeux bleus, au nez épais et busqué, plissait constamment les yeux, signe d'une mauvaise vue. Jean le reconnut immédiatement, pour l'avoir vu tous les jours à la revue qui avait lieu dans la cour du palais.

C'était Daoud Pacha, le vice-roi d'Égypte. Il l'accueillit avec ces mot : « Tu semblais perdu dans des pensées si mélancoliques que je me suis dit que peut-être tu avais besoin de compagnie, c'est pourquoi je t'ai fait venir. » Jean ne put s'empêcher de demander au vice-roi comment il avait percé ses pensées. « Mais tout simplement parce que je t'ai observé. Suis-moi. » Daoud Pacha conduisit Jean à travers un dédale de galeries, de couloirs, de passages, tous étroits et bas de plafond, qui couraient au-dessus des salles de la caserne et qui, par d'étroites ouvertures à peine visibles d'en bas, permettaient de surveiller jusqu'au moindre recoin du bâtiment. Cette mezzanine servait à espionner les militaires.

« Chaque caserne, expliqua Daoud Pacha, est dotée des mêmes facilités architecturales. Je l'utilise souvent, ce qui me permet de humer l'état d'esprit de mes militaires. Depuis quelque temps, je t'observe chaque soir, et je remarque que ton humeur s'assombrit. Mais viens chez moi, nous y serons plus confortables. » Et plantant là Omer Bey courbé en deux, l'homme le plus puissant d'Égypte emmena, comme s'il était un vieil ami, Jean de plus en plus étonné.

Sortis de la caserne, ils atteignirent le vaste palais du maître de l'Égypte. Ils traversèrent la partie officielle, quasi déserte à cette heure tardive. Ils atteignirent le Selamlik, la partie réservée aux hommes, où se trouvaient les appartements privés des vice-rois. Celui-ci emmena Jean jusqu'à une vaste loggia ornée de fines colonnes et d'un balcon d'où l'on découvrait une vue féerique sur la ville endormie et ses environs noyés dans une luminosité bleuâtre. Le pacha frappa des mains et plusieurs pages apparurent qui apportèrent un carafon rempli de raki, la liqueur forte du Moyen-Orient, ainsi que plusieurs verres. Ils tendirent au vice-roi et à Jean des tsimbuk, ces très longues pipes au bout d'ambre et au fourneau ouvragé, et les deux hommes s'installèrent sur des divans bas, puis Daoud Pacha commença : « Il est évident que je ne traite pas ainsi tous les officiers, à vrai dire je ne l'ai jamais fait jusqu'ici. J'ai commencé à te remarquer en lisant les rapports qu'on me soumettait sur toi comme sur tous les gradés de mon armée. Tes qualités étaient si évidentes que je t'ai fait verser dans le régiment le plus envié du pays, chargé entre autres de veiller sur ma sécurité. Lors de la revue quotidienne, tu te distinguais des autres, par ta taille bien sûr mais aussi par ton allure. J'ai discuté de toi avec Omer Bey, et nous sommes d'accord. Tu es certainement issu d'un illustre lignage. Tu es différent des autres. Je l'ai senti à l'instant où je t'ai aperçu pour la première fois. »

Puis, pour mettre Jean en confiance, il se mit à raconter son passé : « Je suis né sur la côte dalmate de parents serbes et chrétiens. Tout enfant, j'ai été arraché à ma famille par des recruteurs de l'armée de notre padichah. J'ai été converti de force à l'islam et versé dans le corps des Janissaires. Comme toi-même tu l'as fait, j'y ai gagné mes galons. L'Empire ottoman a ceci de bien qu'il donne à chacun sa chance sans préjugés de classe ni de nationalité. J'avais vingt-sept ans lorsque le sultan Selim nous a envoyés conquérir l'Égypte que gouvernait alors la classe militaire des mamelouks. Ils nous ont opposé une résistance féroce. Nous les avons vaincus, et notre sultan a fait pendre le dernier souverain de l'Égypte indépendante à la porte du Caire. C'était il y a trente ans. J'ai continué à grimper les échelons. De l'armée, on m'a transféré dans l'administration et envoyé gouverner des provinces reculées. Puis, un beau jour, je suis retourné en Égypte, cette fois-ci comme le représentant de l'ombre d'Allah sur terre. C'est un métier difficile mais beau que d'être vice-roi d'Égypte. Parle-moi maintenant de toi. »

Alors, Jean raconta son enfance près de Mantoue. Il décrivit la tentative de meurtre dont il avait été l'objet, épisode qui passionna Daoud Pacha. Il poursuivit par sa capture par les pirates, qui laissa en revanche son interlocuteur totalement indifférent. « Parle-moi à nouveau de cet attentat contre toi. Tu n'as aucun soupçon sur le ou les commanditaires de cette opération ? » Jean ne put répondre que par la négative. « Je suis certain que ce sanglant épisode est lié au mystère de ton origine. Je ne peux concevoir que tu ne possèdes aucune indication, aucun indice pouvant te mettre sur la piste de tes antécédents.

— Pourtant, noble Pacha, c'est la vérité. » Le vice-roi devint pensif : « Mon métier m'a entraîné à jauger les hommes. Je répète, je suis certain que tu appartiens à une famille du plus haut rang et donc que tes origines sont illustres. Alors pourquoi donc ce mystère ? »

Jean se garda d'étaler la théorie du père Soragno selon laquelle il aurait été le fils légitime du Connétable de Bourbon. Ce secret, il n'était pour l'instant décidé à ne le partager avec personne.

« Es-tu heureux ? lui demanda sans transition Daoud Pacha.

— À vrai dire, l'action me manque.

— N'y a-t-il que cela ? »

La voix de Jean devint un murmure « Je ne suis pas libre, noble Pacha.

— Le métier des armes semble te convenir, tu n'as plus aucune restriction pour circuler, et tu peux aller et venir en ville à ta guise.

— Certes, mais je n'ai pas choisi le maître que je voudrais servir. Il m'a été imposé. » Daoud Pacha n'insista pas, et, avec quelques paroles aimables, congédia Jean.

Celui-ci partit, séduit par la largeur d'esprit du vice-roi, comme ému par sa confiance. C'était la première fois depuis son arrivée en Égypte où il se sentait un homme à part entière et non pas seulement un numéro dans l'armée, la première fois en six ans où il avait un contact d'intelligence et d'amitié avec un autre être humain qui le traitait d'égal à égal.

Le Pacha renouvela son invitation. Cette fois-ci, il fit découvrir à Jean sa bibliothèque. Des tapis à grands ramages couvraient le sol, des divans bas tendus de riches brocarts s'alignaient le long des parois, aux murs étaient accrochées des armes, l'une plus magnifique que l'autre. Ces panoplies alternaient avec des rayonnages où s'empilaient des volumes précieux. Jean s'étonna qu'un ancien janissaire eût la passion de la lecture. Le vice-roi devina sa pensée et sourit. « Un militaire n'est pas forcément inculte. » Attiré par les vastes connaissances de cet homme déconcertant, Jean se rendit avec plaisir à ses invitations qui devinrent quotidiennes. À travers des ouvrages de sa collection, Daoud Pacha fit découvrir à Jean les trésors de la culture musulmane, en particulier l'histoire, la médecine, la poésie. Il lui parla aussi de son avenir, et lui laissa entendre à demi-mot qu'en continuant ainsi il pourrait accéder aux postes les plus élevés. « Mais pour cela, il faut que tu embrasses l'islam. » À cette idée, Jean se rebiffa. Daoud Pacha insista : « Il ne s'agit que d'une formalité. Personne ne te forcera jamais à aller à la mosquée. Moi-même je ne m'y rends que lorsque je ne peux pas ne pas y paraître. » Il expliquait à Jean que l'islam ne se limitait pas à des rites parfois astreignants. « Il y a beaucoup mieux que cela dans notre religion, en ce sens que l'islam peut être le vecteur d'une pensée beaucoup plus profonde, beaucoup plus universelle et beaucoup plus personnelle à la fois. »

Daoud Pacha initia petit à petit Jean au soufisme, vertigineuse abstraction qui, mêlant le mysticisme et la poésie, la philosophie métaphysique et la foi, amenait l'homme vers des sommets jusqu'alors inaccessibles, et dont une succession de penseurs exceptionnels transmettaient de génération en génération la scintillante tradition. Sous la houlette de Daoud Pacha, Jean vit ainsi s'ouvrir des horizons dont il n'aurait pas imaginé l'étendue ni la profondeur, et qui l'attirèrent comme un aimant. En même temps, ses liens avec le vice-roi se resserraient tout naturellement. Parfois, il sentait le regard de ce dernier s'appesantir sur lui avec une expression étrange.

Un soir, Jean osa poser au vice-roi la question qui lui brûlait les lèvres : « Pourquoi me manifestez-vous une telle faveur ?

— Tout simplement parce que je compte faire de toi mon successeur.

— Comment savez-vous que j'en serai digne ?

— Tu possèdes toutes les qualités requises. Il n'y a qu'un obstacle, tu refuses de devenir musulman. Allons, laisse-toi simplement circoncire, tu ne sentiras rien. Circoncis, c'est comme si tu étais déjà un pacha. »

Jean sourit : « Nous verrons », répondit-il sans se compromettre. En attendant, il bénéficiait de l'affection paternelle de Daoud Pacha, affection qui, avec les enseignements qu'il en recevait, donnait soudain un sens à sa vie. Sentiment qui allait de pair avec une tentation grandissante de l'Orient.

Jean profitait chaque fois davantage de ses sorties dans Le Caire. À l'époque, les merveilleux monuments laissés par les Mamelouks, précédents maîtres de l'Égypte, brillaient de tout leur éclat alors qu'à côté d'eux les meilleurs architectes de l'Empire ottoman édifiaient mosquées et palais dans leur propre style. Se promenant dans le caravansérail, dans les madressas[1], écoutant les fontaines qui murmuraient à chaque coin de rue dans les sebil[2], Jean subissait de plus en plus le charme des lieux, charme d'ailleurs relevé par ses visites dans certaines maisons dites de mauvaise réputation. Découvrant le plaisir, son corps avait ardemment répondu à la volupté. Il se voyait fort bien devenu Frangi Bey – Frangi, « le Français », étant le surnom que lui avaient donné ses soldats – et pourquoi pas Frangi Pacha, habitant un palais splendide, possédant le harem le mieux fourni, guerroyant ici ou là avec ferveur, et se livrant la nuit à l'ivresse de la spéculation métaphysique avec des grands maîtres soufis ? Quelle plus belle revanche sur ses débuts ! L'enfant sans nom, l'enfant écarté, ignoré, abandonné à sa solitude, deviendrait le maître de la prodigieuse Égypte.

Jean appréciait plus que tout le grand bazar du Caire. Ce labyrinthe s'étendait sur plusieurs lieux délimités par corporations. Les légumes et les fruits lui faisaient venir l'eau à la bouche, les fleurs emblème de la culture ottomane ravissaient sa vue. Les parfumeurs lui donnaient à sentir les essences les plus rares. Les tailleurs

---

1. Écoles coraniques.
2. Fondations pieuses destinées à rafraîchir les passants.

déroulaient les étoffes les plus précieuses, en lui propo-
sant caftans et abayas sur mesure. Les joailliers faisaient
scintiller boucles d'oreilles et bracelets, le suppliant
d'en parer ses épouses. La foule des acheteurs le dis-
trayait tout autant. Les bédouines, en robes bariolées,
effarées par les bruits et les mouvements de la ville, qui
n'avaient jamais vu d'Européen, écarquillaient les yeux
en le contemplant. Les Juifs reconnaissables à la couleur
jaune qu'ils étaient forcés de porter s'effaçaient devant
lui. Les riches marchands aux gros bedons passaient
majestueusement en agitant négligemment leur chasse-
mouches. Les officiers aux turbans surmontés d'un très
haut plumet s'arrêtaient aux débits de boissons. Les
épouses des riches et des nobles, voilées jusqu'aux
yeux, entourées de leurs eunuques, inspectaient avidement les devantures. Il y avait aussi les Grecs, les
Italiens, les Circassiens, les Persans reconnaissables à
leur tenue nationale, les esclaves noirs envoyés aux
commissions. Jean remarqua une femme qui sortait
de l'échoppe d'un joaillier, recouverte d'une cape
jusqu'aux pieds. Une mousseline bleu pâle enrobait sa
tête mais lui gardait le visage découvert, signe qu'elle
n'était pas musulmane. Jean déduisit qu'elle était chrétienne, une copte [1]. Il put ainsi admirer ses traits fins,
son nez droit, mais surtout ses immenses yeux sombres,
à l'expression mélancolique, protégés par de longs cils
et surmontés de sourcils arqués à peine trop épais. Elle

---

1. L'Église copte est une des plus anciennes sinon la plus
ancienne branche du christianisme. Elle est née en Égypte. Les
coptes affirment que la langue qu'ils utilisent dans leur liturgie est
l'ancien égyptien pharaonique des hiéroglyphes.

était suivie d'une vieille femme d'une rare laideur, probablement sa gouvernante, et de plusieurs serviteurs. Jean tressaillit en la contemplant, il n'avait jamais vu de femme aussi belle. Sentant qu'on la regardait, celle-ci posa ses yeux sur lui. Elle n'eut même pas l'ombre d'un sourire, mais ses yeux scintillèrent un instant, puis elle se retourna et s'éloigna. Jean n'osa pas la suivre.

Toute la nuit, il rêva d'elle, se demandant comment il pourrait la revoir. Il ne trouva d'autre moyen le lendemain que de retourner chez le joaillier où il l'avait vue. Absurde démarche, car il était fort improbable qu'elle s'y rende deux jours de suite. La chance, cependant, était dans son camp : elle se trouvait de nouveau dans l'échoppe du joaillier. Jean la dévisagea longuement à travers la vitrine. Un instant, le regard de la femme croisa le sien. Elle ne parut pas le reconnaître. Ses emplettes faites, elle sortit et, sans un regard pour Jean, partit dans les ruelles, suivie de la gouvernante et des serviteurs. Jean leur emboîta le pas. Une fois, la gouvernante se retourna, le remarqua, mais ne manifesta rien. Ils parvinrent ainsi à la sortie du bazar où une litière attendait la femme. Jean s'en approcha et se tint là comme un benêt en la regardant s'y installer. À nouveau, elle ne parut pas le remarquer. La gouvernante, elle, le fixa d'un œil perçant mais ne fit pas un mouvement pour l'éloigner. Les serviteurs, d'un geste, soulevèrent la litière et se mirent en route. Tout naturellement, Jean les suivit. Ils marchèrent longtemps car les coptes habitaient un quartier excentrique du Caire. Ils atteignirent le très haut et très long mur aveugle d'une importante demeure. Le portail s'ouvrit pour laisser passer la litière, et ne se referma pas. Sans hésiter, Jean entra. Une fontaine murmurait dans une cour qu'émaillaient des fleurs et des marbres multicolores. Descendue de litière, la femme montait les marches d'un escalier extérieur. D'un geste, la gouvernante signifia à Jean de la rejoindre. Parvenus à l'étage, ils parcoururent une longue galerie ouverte, au bout de laquelle Jean, sur les pas de la femme, pénétra dans une petite pièce. Les boiseries teintes de fleurs et de fruits, un plafond aux étoiles de bois doré l'égayaient. Tout en se défaisant de ses voiles et de sa cape, la femme lui demanda :

« Capitaine Frangi, es-tu resté chrétien ?

— Comment connaissez-vous mon nom ?

— Un étranger jeune, beau et vaillant, le favori du vice-roi, voyons, toute la ville connaît ton existence. Je répète ma question : es-tu resté chrétien ? » demandat-elle de nouveau avec une certaine angoisse. Jean la rassura sur ce point.

« Pourquoi m'as-tu suivie ? » Jean ne sut que répondre, mais ses yeux étaient suffisamment éloquents. Elle devait approcher de la quarantaine et elle était singulièrement attirante. Elle s'approcha de lui et l'embrassa légèrement sur les lèvres. Il la prit dans ses bras, l'enserra à l'étouffer, la couvrit de baisers. Elle se laissa faire au début, puis soudain se déchaîna. Son air mélancolique avait trompé Jean, qui découvrit la plus fougueuse des maîtresses.

Ainsi commença la liaison de Jean avec Latifa. Alors qu'elle était à peine nubile, sa famille avait arrangé son mariage avec un copte beaucoup plus âgé qu'elle et fort riche, qui ne quittait quasiment jamais ses immenses domaines du Delta. Latifa lui rendait de rares visites.

Chaque soir, son service achevé, Jean courait jusqu'à la demeure de Latifa dans laquelle la gouvernante, la vieille et laide Kahila, l'introduisait directement. De plus en plus souvent, il revenait à la caserne trop tard pour répondre aux invitations de Daoud Pacha. Celui-ci ne lui posa aucune question, ne lui fit aucune remarque. Rien n'importait à Jean que Latifa. Il n'avait jamais imaginé qu'une femme pût être à ce point désirable... et demandante. Il sortait de leurs tête-à-tête tumultueux comblé et flageolant. Hormis le plaisir, sa maîtresse avait une passion pour les sucreries. Elle s'en gavait, et Jean se demandait si ses rondeurs qui l'enflammaient ne déborderaient pas dans quelques années. Latifa ne lisait jamais, mais elle était intelligente et informée. Jean aimait converser avec elle dans les rares entractes qu'elle lui permettait. Il appréciait ses conseils. Pour avoir acquis une telle science dans la volupté, Jean lui supposait nombre d'amants. Était-ce pour expier « les péchés de la chair » qu'elle se montrait si pieuse ? Car, en dehors de l'amour et de la gourmandise, la religion l'accaparait. Elle emmenait souvent Jean dans la pièce qui lui servait de chapelle, où des prêtres coptes psalmodiaient tout en encensant les icônes. D'autres religieux, de passage au Caire, s'arrêtaient chez Latifa. Ils venaient d'Éthiopie. Leurs récits permirent à Jean de découvrir cet empire chrétien mystérieux et réputé inaccessible, dont il n'avait jusqu'alors entendu que très vaguement parler.

Jean s'enhardit à raconter à Latifa les promesses de Daoud Pacha de faire de lui son successeur, à la seule condition qu'il devienne musulman. Sa maîtresse bondit, toutes griffes dehors : « Tu voudrais renier notre christianisme ! Jamais je ne te reverrais.

— Il n'en a jamais été question. Je me demande cependant quel sera mon avenir d'officier chrétien.

— Pars, quitte le pays !

— Tu veux te débarrasser de moi pour changer d'amant ? »

Latifa ne sourit pas à la plaisanterie. Grave et triste, elle lui répondit : « Tout vaut mieux que de rester un esclave.

— Je ne suis plus un esclave, Latifa, j'ai atteint un haut grade dans l'armée, j'ai la confiance du vice-roi, je peux aller et venir où bon me semble…

— Esclave tu étais en arrivant ici, esclave tu resteras, à moins que tu ne craches sur la croix pour devenir musulman. Esclave ou renégat, voilà ton choix. »

Prenant soudain conscience de la réalité jusqu'alors masquée par les mirages de l'Orient, Jean se sentit accablé : « Par quel moyen puis-je partir ? Je deviendrai un déserteur que toutes les polices du pays traqueront !

— Je t'aiderai, car je préfère te perdre plutôt que de te voir perdu. J'ai de quoi acheter tous les policiers, douaniers, capitaines de vaisseau du pays. » Jean sortit de ses sombres pensées et parut étonné : « Tu gères donc la fortune de ton mari ?

— Il ne s'agit pas de son argent, mais du mien. J'ai hérité en propre de terres non loin du Caire, dans la vallée du Nil. » Jean avait exploré à cheval la région. La vallée, en cet endroit, était plutôt étroite, et les propriétés de modestes dimensions. « Les revenus de tes terres sont donc si importants ? » Latifa sourit : « Ce n'est pas le produit de mes champs qui me rend si riche, mais la mumy. » Elle s'amusa de la mine étonnée de Jean : « Comment, après toutes ces années passées en Égypte, tu ne sais pas ce que c'est que la mumy ! » Elle expliqua que ce liquide épais et brunâtre suintait des momies mal embaumées de l'Antiquité égyptienne. L'air libre ou les aromates mal préparés suscitaient ces sécrétions. Or, depuis un certain temps, la mumy était l'élixir le plus en vogue en Europe, et donc le plus cher. On était venu à le considérer comme une panacée et on l'importait à des prix faramineux. « Le roi de France, ajouta Latifa, en fait une grande consommation, il mélange la mumy à de la rhubarbe et l'avale contre tous les maux qu'il pourrait attraper… Or, mes propriétés de la vallée du Nil sont voisines d'une nécropole de l'Antiquité. Mes paysans y ont trouvé des centaines de momies et ont appris à en extraire cette source de fabuleuse richesse. Je ferme les yeux sur leur trafic plus ou moins légal et ils me donnent des redevances qui me rendent financièrement indépendante de mon époux.

— Tu dois être colossalement riche si tu es le seul fournisseur de mumy du pays ?

— Hélas, je ne suis pas seule, nous sommes plusieurs à nous concurrencer férocement. Ton ami, le vice-roi, ne t'a évidemment jamais dit qu'il était l'homme le plus rapace de l'Égypte. Il surveille de près notre commerce et serait enchanté de mettre la main dessus. »

Jean songeait à tout ce que venait de lui révéler

Latifa : « Ainsi, ce seront les morts de l'ancienne Égypte qui briseront mes chaînes d'esclave. » Latifa l'attira vers elle : « Ne sois pas pressé. Il me faut du temps pour arranger ton départ clandestin. En attendant, vivons pleinement les dernières semaines de notre bonheur. »

Cependant la mumy et son extraction avaient allumé la curiosité de Jean. Il demanda à Latifa la faveur d'aller voir sur place comment on procédait. Elle se montra réticente : « Nos paysans sont extrêmement méfiants. Ils risquent de mal te recevoir. » Néanmoins, elle ne savait rien refuser à son amant, et envoya des instructions à l'intendant de ses propriétés.

Ainsi, un beau matin, Jean partit en excursion, accompagné de quelques serviteurs. La discrétion retint Latifa de l'accompagner. À Bulaq, une felouque leur fit traverser le Nil. Puis ils longèrent les pyramides de Gizeh, traversèrent une région de savantes cultures ombragées par des palmiers qui se balançaient doucement. Ils dépassèrent Sakara et sa pyramide à degrés. Au bout de plusieurs heures, ils arrivèrent dans un village d'apparence misérable qui bordait le désert, à l'extrémité de la zone cultivée. Malgré les instructions de Latifa, son intendant le reçut maussadement. Quant aux villageois, au lieu d'accueillir Jean avec la traditionnelle hospitalité des paysans égyptiens, ils se détournaient de lui et allaient s'enfermer dans leurs masures. Depuis de nombreuses générations, plutôt que de cultiver la terre, ils préféraient piller les tombes. Ils en tiraient de l'or et des objets précieux qu'ils vendaient pour quelques sous, et, surtout, en extrayaient la mumy qu'ils cédaient à un prix supérieur à dix fois son poids en or. Tout nouveau venu, et même leur maîtresse Latifa, qui ne mettait presque jamais les pieds chez eux, représentait un intrus, et donc une menace.

Cependant l'intendant finit par mettre la main sur l'homme chargé de récolter la mumy. C'était un grand escogriffe pâle et maigre à faire peur, hirsute, le nez en bec d'aigle, les dents longues et jaunes, avec des yeux de fou. Observant ses pupilles, Jean reconnut instantanément l'effet du kif, l'herbe hallucinogène de l'Égypte à laquelle il avait tâté une ou deux fois. Néanmoins, ce fut d'un pas ferme qu'il emmena Jean et ses serviteurs dans le désert. Celui-ci remarqua que le sol était jonché de débris qui provenaient certainement de tombes, morceaux de linceuls, de masques en carton, de poteries, d'ossements blanchis par les siècles. Pourtant, les dunes se ressemblaient toutes et rien n'indiquait qu'elles puissent receler quoi que ce soit. Soudain, apparurent un mur de pierre taillée, un portail ensablé, un début d'escalier qui s'enfonçaient sous terre. Jean et l'escogriffe descendirent les marches. Les serviteurs refusèrent énergiquement de les suivre. Ils assuraient que les tombes étaient pleines de djinns, de génies nocifs. L'escogriffe alluma une torche et pénétra dans le souterrain. Jean découvrit à sa suite un véritable labyrinthe de galeries, tantôt étroites, tantôt très larges et très hautes, telles des cathédrales ensevelies. S'y alignaient des sarcophages en pierre aux couvercles monolithiques tellement lourds que les paysans n'avaient pu les soulever. Ici ou là, s'entassaient des sarcophages en bois, tous éventrés et brisés. Il y en avait des centaines, car, en fait, il n'y avait pas une mais plusieurs nécropoles communiquant les unes avec les autres. À une certaine époque et pour une raison inconnue, on avait regroupé dans certains recoins les dépouilles des morts qui constituaient une réserve quasi inépuisable de mumy.

L'escogriffe se dirigea vers les sarcophages sur lesquels il avait décidé de travailler. Il sortait les momies une à une et les examinait rapidement. Lorsqu'elles étaient en bon état, il les jetait avec irritation. Il savait que son trésor se trouvait dans celles dont les bandages étaient imbibés de taches brunâtres, dans lesquelles il se livra à des incisions savantes. Un liquide nauséabond commença à s'en égoutter, qu'il recueillit délicatement dans des pots de verre. Il demanda à Jean de l'aider pour lui amener les momies et ranger celles dont il n'avait plus besoin. Plusieurs heures se passèrent ainsi, au point que Jean perdit la notion du temps. Était-ce le matin, l'après-midi, le soir ? Il ne pouvait se rappeler à quelle heure de la journée ils étaient entrés tous les deux dans le souterrain. L'air était irrespirable. L'atmosphère confinée se surchargeait d'odeurs, de parfums divers et lourds. La tête commençait à lui tourner, il lui semblait de plus en plus difficile de se mouvoir. Un poids invisible s'appesantissant sur ses épaules le força à plier les genoux et à s'asseoir à même le sol poussiéreux. Il contempla les bas-reliefs de la tombe. Peints en couleurs vives, ils représentaient des scènes champêtres. La torche fichée dans le mur les éclairait en ombres chinoises, lui et l'escogriffe qui continuait à saigner sa momie. Tout absorbé qu'il fût, Jean vit l'ombre chinoise du pilleur de tombes se relever et s'approcher de lui. Il leva le bras brandissant le poignard qui lui avait servi à recueillir la mumy. Malgré son engourdissement, Jean eut le réflexe de se rouler par terre pour éviter la lame, mais déjà l'escogriffe était sur lui qui essayait de le transpercer. Bien que peu musclé, la drogue lui donnait une force insoupçonnable. D'une main, Jean essayait de retenir la lame qui s'approchait inexorablement de sa gorge, de l'autre il maintenait le bras gauche de l'escogriffe. Brusquement, de ses deux mains, il saisit son poignet armé et, dans un geste désespéré, il le retourna. L'assassin s'empala sur sa propre arme. Il poussa un profond soupir, ses yeux à la pupille dilatée cillèrent et il retomba mort sur Jean. Horrifié et dégoûté, celui-ci repoussa le cadavre qui, malgré sa maigreur, lui parut singulièrement lourd. Trop bouleversé pour se poser des questions, il effaça comme il put les taches de sang sur ses vêtements avec du sable, retrouva la sortie, remonta les marches en titubant. Dehors, la nuit étoilée était tombée, et les serviteurs de Latifa l'attendaient patiemment. Ils reprirent leurs montures et revinrent à vive allure au Caire.

Il trouva sa maîtresse qui l'attendait avec Kahila la gouvernante. Il lui raconta tout. Latifa s'affola rétrospectivement pour Jean, mais ne parut pas particulièrement étonnée. Le contact quotidien avec les morts rendait ses paysans tout à fait bizarres, et le kif qu'avait fumé l'escogriffe n'avait rien arrangé. Kahila, elle, vit dans l'incident un épouvantable présage. Elle s'affaira, alluma de l'encens, fit couler des bougies en cire d'abeilles autour de Jean et lui donna une amulette en forme d'œil, lointaine séquelle des pratiques de l'ancienne Égypte contre le mauvais sort. Réconforté par sa maîtresse, Jean resta intrigué par l'incident. À vrai dire, les explications de Latifa ne le satisfaisaient pas entièrement.

Mais très vite, d'autres soucis lui firent négliger la tentative d'assassinat dont il venait d'être l'objet. Un jour, il dut se rendre à l'évidence : une inquiétante atmosphère régnait dans le régiment. Depuis un certain temps, il le soupçonnait mais se refusait à l'admettre, sa conviction se fondant plus sur des impressions fugitives que sur de réels soupçons. Finalement, il dut admettre que les hommes avaient mauvais esprit : ils se montraient paresseux, ils grognaient pour un rien, ils restaient indifférents aux châtiments, fouet ou cachot, que leur négligence avait mérités. Cependant, Jean remarqua que les mauvaises têtes se comptaient uniquement parmi les Arabes du régiment. Depuis la conquête de l'Égypte par les Ottomans une trentaine d'années plus tôt, l'inimitié avait grandi entre les Turcs, l'occupant, et les Arabes d'Égypte, les occupés. Les premiers reprochaient aux seconds d'être paresseux et peu fiables, les seconds accusaient les premiers d'être de mauvais musulmans – car les Ottomans se montraient tolérants avec les autres religions. L'occupant, pour se protéger, avait limité le nombre d'Arabes admis dans les régiments d'élite comme celui où Jean servait. Pourtant, sans qu'il s'en rende compte, depuis plusieurs années les Arabes avaient infiltré ces régiments, sans but précis, mais simplement parce que la paye y était plus élevée.

Dans les semaines suivantes, la situation ne fit qu'empirer. Les Arabes que Jean commandait devenaient franchement intenables, bien qu'ils lui manifestassent personnellement une sincère sympathie et un profond dévouement. Ils devenaient de plus en plus insolents avec les autres officiers, les Turcs, et Jean s'étonnait que ces derniers ne s'en aperçussent pas. Plusieurs fois, il avait songé à en parler à Daoud Pacha, et il comptait le faire à la première occasion.

Ce matin-là, le programme comportait une marche dans le désert. Celui-ci n'était séparé de la citadelle que par un profond fossé artificiel. Jean, à la tête de ses hommes, franchit le pont et s'engagea sur la piste qui partait tout droit vers le sud. Depuis quelques jours, le khamsin menaçait, ce vent des sables qui paralysait le pays entier, mais surtout rendait tout le monde nerveux et irritable. Jean, marchant à côté de ses hommes, se retrouva à la hauteur d'un certain Tarik. C'était un grand et beau gaillard, aux larges yeux bruns, qui avait l'air un peu fou. Il avait aussi l'allure d'un véritable seigneur et il était né pour commander. Il venait probablement d'une grande famille locale tombée dans l'indigence. «Écoute-moi, maalem[1], murmura-t-il. Nous avons faim, nous recevons des payes de misère tandis que les Turcs sont beaucoup mieux payés que nous, et profitent de tout. Ça ne peut plus continuer.» Jean ne

---

1. Chef.

trouva rien à répondre, car il savait que Tarik avait raison : les soldats arabes étaient sous-payés. Prenant ce mutisme pour un encouragement, Tarik continua : « Nous sommes décidés à exiger une augmentation de Daoud Pacha, et, s'il ne nous l'accorde pas, à le tuer. » Jean cacha son désarroi en gardant le silence. Aussi Tarik poursuivit : « Joins-toi à nous. Tu es différent des autres, et en plus tu es un chrétien. Joins-toi à nous et tu en profiteras. Nous trouverons la fortune et toi, tu gagneras ta liberté. »

Enfin, Jean put articuler : « Comment comptez-vous assaillir le vice-roi ? Il est toujours entouré de ses gardes et de son état-major. » Tarik ricana : « Sauf lors de la revue matinale. » Celle-ci avait lieu tôt chaque matin sur l'aire qui s'étendait devant le palais. N'éprouvant pas le besoin d'une protection particulière dans cette enceinte la mieux défendue de l'Égypte, Daoud Pacha sortait de sa résidence, presque seul, montait sur un podium et inspectait les hommes. Jean reprit son sang-froid. « Ne faites pas cette bêtise, lança-t-il à Tarik. Je parlerai moi-même au vice-roi, et cette augmentation, vous la recevrez sans difficulté.

— Il refusera de t'écouter. »

Jean n'insista pas, car il abondait dans le sens du rebelle : Daoud Pacha n'écoutait jamais personne. « Surtout ne mettez pas votre plan à exécution. Vous n'avez aucune chance de gagner, et vous serez massacrés. » Pour toute réponse, Tarik siffla entre ses dents : « Dans trois jours nous agirons. Toi seul peux nous ouvrir toutes les portes, mais de toute façon, nous agirons avec ou sans toi. Si tu nous trahis, alors nous te tuerons… Mais non, je sais que tu ne nous dénonceras pas, je te connais trop bien, maalem. » Tarik n'en dit pas plus. De nouveau, il regarda droit sur la ligne de l'horizon du désert vers lequel les hommes marchaient à pas rapides.

Jean se trouva confronté à un cruel dilemme. Il savait que les soldats arabes avaient raison, et il éprouvait pour eux une profonde sympathie. Il aimait ses hommes et il savait qu'il en était aimé, il ne voulait donc pas les trahir. D'un autre côté, il ne pouvait pas non plus laisser son protecteur, son mentor, qui lui avait montré tant de générosité et de sollicitude se laisser malmener et probablement assassiner sous ses yeux. Le mettre en garde, le prévenir, c'eût été envoyer Tarik et ses complices à la mort.

La veille du jour fatal, il fut invité par le vice-roi à passer la soirée dans sa bibliothèque. Il resta constamment distrait, préoccupé, écoutant à peine son hôte comparer longuement la poésie arabe et la poésie persane. Vingt fois, il fut sur le point de lui révéler le complot qui le menaçait, et vingt fois il ne put s'y résoudre. Finalement et bien qu'il fût trop tard, il aborda avec Daoud Pacha la question de la paye des soldats arabes. Il expliqua qu'elle était nettement insuffisante et qu'il faudrait les augmenter si on voulait éviter de graves ennuis. D'un geste indolent de son chasse-mouches à manche d'ivoire, Daoud Pacha chassa ces préoccupations comme s'il s'agissait d'un insecte : « Je pense que tu as tort, mais pour te faire plaisir, j'y penserai en temps voulu », et avant que Jean n'ait pu insister, il le renvoya avec cette courtoisie dont il ne se départait pas.

Pendant la nuit, Jean ne put trouver le sommeil, mais une idée lui vint. Dès l'aube, il se rendit au palais. Daoud Pacha se levait toujours fort tôt. Comme il s'y attendait, il le trouva déjà dans son bureau, entouré de ses scribes qui rédigeaient des ordres et recevant ses collaborateurs. Jean savait que, si le vice-roi était retenu par quelque affaire administrative au-delà de sept heures du matin, ce serait un de ses lieutenants qui descendrait passer la revue. Il avait donc préparé toute une série de questions concernant son régiment à débattre avec Daoud Pacha. Il n'y avait en cela rien de particulier, sauf que ce matin-là, il mit une lenteur quasi exaspérante à en parler. Il discuta, ergota, fit des propositions, dressa des obstacles. Le vice-roi lui répondait avec une patience exemplaire, ne semblant pas pressé et prenant tout son temps. Jean croyait avoir gagné la partie lorsque, soudain, Daoud Pacha se leva. « Il est presque sept heures, je descends passer la revue », et il eut à l'adresse de Jean un sourire qui se voulait charmeur mais où Jean décela une cinglante ironie. Jean bondit à sa suite. Il avait décidé de le défendre, même s'il devait y périr. Parvenu dans la cour, Daoud Pacha monta sur le podium, Jean se planta devant lui. Le défilé commença. Du coin de l'œil, il repéra facilement Tarik, qui s'approchait à la tête de son détachement. Arrivé au-devant du podium, Tarik poussa un hurlement. Des centaines de soldats arabes se précipitèrent avec lui sur le vice-roi. Le sabre levé, ils entourèrent le podium. Tarik, d'un ton de commandement et d'une voix puissante, parla : « Pacha ! écoute notre requête. Nous voulons une augmentation de notre solde. »

Daoud n'avait qu'à ruser et tergiverser, promettre, pour calmer et ensuite châtier. Au lieu de cela, il gronda : « Arrière, pourritures, reprenez vos places, fils de bâtards ! » et il lâcha un chapelet d'injures l'une plus insultante que l'autre. Comme enragés, les soldats se précipitèrent sur lui. Jean n'eut pas le temps de dégainer. Il vit les assaillants s'écrouler, percés de multiples flèches. En un instant, les terrasses qui dominaient l'aire s'étaient couvertes d'archers qui visaient les révoltés. Tarik avait été le premier à tomber.

Aussitôt après, l'aire fut envahie de gardes ottomans qui, sur les ordres aboyés par Daoud Pacha, arrêtèrent les soldats arabes. Innocents ou coupables, tous, jusqu'au dernier, furent incontinent décapités. Alors que Jean tremblait d'émotion et d'horreur, le vice-roi resta impassible devant cette boucherie. Il lança un dernier ordre afin que les têtes des rebelles fussent exposées sur les remparts de la citadelle pour servir d'exemple. Puis, il se retira dignement, soulevant les pans de son abaya brodée, pour éviter qu'elle soit salie par le sang qui imbibait le sable de la cour. D'un signe, il demanda à Jean de le suivre. Tout en parcourant les salles du palais, il s'adressa à lui d'une voix douce : « Je comprends que tu sois surpris, mais apprends que je savais tout depuis le début. Mon rôle n'est-il pas d'être bien renseigné ? J'ai la chance d'avoir partout de bons espions. À vrai dire, c'est moi-même qui les ai formés et placés. » Jean s'emporta : « Au lieu de massacrer ces bons soldats, pourquoi n'avez-vous pas prévenu leur révolte, tout simplement en leur accordant une augmentation dès que vous avez été informé de leur insatisfaction ?

— Justement, parce qu'il était déjà trop tard lorsque je l'ai appris. Je les aurais peut-être calmés cette fois-ci, mais ils se seraient révoltés plus tard, pour une autre raison. Le levain de la rébellion croissait en eux sans qu'on pût l'arracher. Je n'ai pas hésité à mettre ma propre vie en balance pour faire éclater la révolte afin que la répression que j'ai ordonnée serve d'exemple salutaire et calme toute tentation de ce genre pour un bon moment. » Daoud Pacha laissa Jean digérer sa réponse, puis il reprit : « Je voulais aussi savoir comment tu réagirais. Je n'ignorais pas en effet que les révoltés t'avaient demandé de te joindre à eux. » Il s'arrêta et fixa Jean d'un regard insondable qui cependant le fit frissonner. « Autour de moi, tous n'auraient pas apprécié ton silence à mon égard, ils y auraient vu un manque de dévouement, sinon un embryon de trahison. » Et plantant là Jean, il reprit sa marche à pas mesurés.

Son ton insidieux, ses paroles chargées de menace alarmèrent Jean. Négligeant le service qui l'attendait à la caserne, il quitta à pas rapides le palais et il sortit de la citadelle. Il couvrit en une vitesse record la distance assez longue qui le séparait de la demeure de Latifa. Il frappa comme d'habitude à une petite porte de côté. Personne ne lui ouvrit. Il remarqua que la porte n'était pas fermée. Il la poussa, et entra. Le silence le plus épais régnait. Il parcourut le jardin, les salles du rez-de-chaussée. Non seulement elles étaient désertes mais elles avaient été entièrement démeublées. Il monta à l'étage et y trouva la même situation. Pendant la nuit, la maison entière avait été vidée et abandonnée. Affolé,

Jean ne pouvait croire ce qu'il voyait. Il descendit même dans les caves. Il entendit un léger bruit. La lueur qui entrait par le soupirail lui fit découvrir Kahila, la gouvernante, recroquevillée dans un coin. « N'aie pas peur, Kahila, c'est moi », murmura Jean. Elle se releva péniblement, elle pouvait à peine marcher et son visage était couvert d'ecchymoses. Elle avait été sauvagement battue. Jean parvint à la faire remonter. Il l'emmena au jardin, trouva une carafe d'eau et lui lava doucement le visage. Elle avait hâte de lui raconter mais elle parlait avec difficulté : « Il est venu hier soir, l'eunuque noir, il demanda à voir le maître qui, un peu plus tôt, était arrivé inopinément, rappelé par une lettre mystérieuse. Le maître et l'eunuque s'enfermèrent. Puis l'eunuque partit aussi vite qu'il était venu. Le maître, dans un indescriptible état de rage, monta quatre à quatre, entra chez ma maîtresse et la frappa encore plus violemment que moi. Puis il la traîna plus morte que vive dans la rue et la fit monter de force dans le palanquin. Ils ont rejoint sa felouque qui l'attendait à Bulaq et sont partis pour ses propriétés du Delta. Il a ordonné aux serviteurs de vider entièrement la maison et de tout porter à la campagne, car il avait décidé de ne plus revenir en ville. « Mais pourquoi ? Que lui a fait ta maîtresse ? » demanda Jean. La vieille gouvernante prit un air sournois : « Je ne sais pas mais au cours de la scène terrible qu'il lui a faite pendant qu'il la battait, il lui répétait qu'elle n'était qu'une putain et qu'il lui ferait regretter toute sa vie de l'avoir trompé avec un sale étranger. » Il devenait clair qu'ils avaient été dénoncés. « Ce noir, cet eunuque venu hier soir s'entretenir avec ton maître, tu le connais ?

— Je l'ai souvent vu au bazar, c'est le grand

eunuque du harem du vice-roi. » Jean n'en revenait
pas. Ainsi le vice-roi le faisait-il constamment surveiller et avait-il appris sa liaison avec Latifa. Mais
pourquoi cette dénonciation ? Assez vite, la vérité se
fit jour dans son esprit : tant qu'il avait fréquenté les
maisons closes du Caire, Daoud Pacha n'avait pas
rechigné, mais ce dernier n'avait pas supporté qu'il
tombe amoureux d'une femme. Peut-être était-il même
à l'origine de la bizarre tentative d'assassinat de la part
de l'escogriffe récolteur de mumy. Jean se trouva forcé
d'admettre que le vice-roi était tout simplement jaloux
de lui.

Il sortit de ses réflexions pour demander à Kahila :
« Dis-moi où sont les propriétés de ton maître. J'irai
délivrer Latifa et je l'emmènerai avec moi.

— N'y compte pas, capitaine Frangi, tu ne pourrais
t'en approcher. Le maître a donné des ordres pour
qu'elle soit gardée nuit et jour. Tout inconnu qui rôde-
rait alentour doit être tué sans sommation. Avant d'être
emmenée de force, ma maîtresse a eu le temps de me
glisser un message : je devais t'attendre ici pour te dire
qu'elle t'aimerait toujours mais que, si tu voulais la
garder en vie, tu ne devais sous aucun prétexte tenter
de la délivrer ou même de la revoir. Elle a ajouté que
Daoud Pacha t'en voulait autant qu'en veut une femme
trompée, qu'il chercherait à se venger et qu'il n'y avait
d'autre solution pour toi que de quitter au plus vite
l'Égypte. » Puis Kahila se mit à geindre. Le maître,
après l'avoir battue, l'avait chassée. « Il m'a dit qu'il
me tuerait s'il me revoyait. Je ne sais pas où aller. Je
n'ai rien. » Ce dont Jean doutait fortement. Tant

d'années au service d'une Latifa aussi généreuse avaient dû générer un joli pécule. Néanmoins, Jean lui tendit la bourse bien garnie qui ne le quittait pas. Elle la saisit d'un geste rapide, la fit disparaître sous son jupon, et continua à geindre sans le remercier.

Jean quitta au plus vite la demeure devenue fantomatique. Il revint à la citadelle à pas lents afin de se donner le temps de réfléchir et de décider. Il se rendit droit à la caserne et, après une excuse quelconque pour son retard, il prit son service, comme si de rien n'était.

Pour agir, Jean devait attendre la tombée de la nuit et l'extinction des feux de la caserne. Son plan exigeait rapidité et précision. Son horaire parfaitement minuté reposait sur sa certitude de ne pas être invité ce soir-là par Daoud Pacha. Néanmoins, il le fut. Un page vint lui annoncer que le vice-roi l'attendait au selamlik du palais. Jean s'y rendit rempli d'appréhension, se demandant ce que lui réservait l'homme le plus puissant d'Égypte dont il avait encouru le déplaisir, la jalousie, la haine.

Daoud Pacha l'accueillit encore plus aimablement que d'habitude. Au cours de la soirée, il ne fit pas la moindre allusion, ni à la révolte des soldats arabes, ni à Latifa. Il s'embarqua allègrement dans les méandres du savoir. Il raconta jusque dans ses moindres détails la vie de son héros, le poète Soufi Djelaledine Mevlavna, qui avait vécu au centre de la Turquie, à Konya, cent ans plus tôt. Il s'étendit sur son étrange amitié avec Chams, un autre maître soufi, sexagénaire et atrabilaire. Il récita des poèmes entiers de Rumi. Lorsque sa mémoire lui faisait un instant défaut, il allait chercher le volume dans les rayons de sa bibliothèque. Daoud Pacha récitait aussi bien que ces conteurs de carrefour qui dévidaient des épopées devant un public ébahi. Cependant, Jean, dévoré d'anxiété, était incapable de se laisser prendre. Il devait faire un effort prodigieux pour sembler captivé. Au charme que déployait son mentor, il tâchait de répondre par une légèreté qu'il lui coûtait beaucoup de simuler. Par ailleurs, la sagesse soufi couplée à l'effrante cruauté qu'avait déployée le matin même Daoud Pacha ne le convainquait plus. Intérieurement, Jean bouillait d'impatience, or, comme pour le faire exprès, Daoud Pacha le garda plus tard que d'habitude. Il le renvoya gracieusement, lui faisant promettre de revenir le lendemain soir. Jean remercia profusément, s'inclina respectueusement et prit congé. Il traversa ostensiblement les salles du Selamlik à peine éclairées, mais, arrivé à la porte, il n'en sortit pas. Il fit demi-tour et, prenant bien soin de ne faire aucun bruit, et se dissimulant dans l'ombre il revint sur ses pas. Il passa silencieusement devant la porte entrouverte de la bibliothèque de Daoud Pacha. Il vit celui-ci délaisser son tsimbuk, sa longue pipe à bout d'ambre, pour se plonger dans un gros ouvrage qu'il avait tiré de sa bibliothèque. Il releva la tête comme s'il avait entendu quelque chose et Jean se figea. Mais non, une idée devait lui être venue car il se replongea vite dans son grimoire.

À pas de loup, Jean se dirigea vers les bureaux du vice-roi dont il connaissait parfaitement la topographie.

Il atteignit la salle où travaillaient ses secrétaires qui, bien entendu, était déserte à cette heure. Il alluma une lampe à huile, saisit une des feuilles de papier sur un des bureaux et griffonna rapidement un ordre de mission. Le document en main, il se dirigea vers le bureau voisin, celui-là même où travaillait Daoud Pacha et trouva sur une table basse, à côté de son sofa préféré, le cachet en agate et or qui lui servait de signature. Il l'apposa sur l'ordre de mission. Il quitta les bureaux et sortit du palais. Les sentinelles qui le connaissaient depuis longtemps le laissèrent passer.

Il se dirigea vers la caserne avec l'intention de ramasser ses effets. Les précautions qu'il prenait lui évitèrent d'être repéré. Mais lui, en revanche, vit les soldats de la garde personnelle du vice-roi établir un cordon pour garder les issues de la caserne. D'autres y pénétraient bruyamment, enfonçant les portes, renversant les meubles, houspillant officiers et soldats, fouillant partout. Il les entendit hurler pour demander où le capitaine Frangi se cachait. Il comprit que, pendant toute la soirée, Daoud Pacha avait déployé les trésors de son hypocrisie pour mieux frapper aussitôt après et le faire arrêter. Le temps qu'il avait pris pour fabriquer le faux ordre de mission l'avait sauvé, autrement les gardes du vice-roi l'auraient trouvé à la caserne et l'auraient jeté dans une geôle en attendant pire. Alors que les gardes de Daoud Pacha continuaient à le chercher dans la caserne, Jean se dirigea le plus vite possible vers le grand portail de la citadelle. À cette heure de la nuit, il était fermé. Jean exhiba son faux ordre de mission à l'officier de garde. Celui-ci reconnut le cachet du vice-roi. Il ouvrit la petite porte aux urgences, dite le trou de l'aiguille, percée dans le grand portail. Jean se courba pour passer et se retrouva hors de la citadelle dans la nuit lumineuse.

Se dirigeant vers le sud du Caire, il traversa un quartier à moitié abandonné où se dressaient des ruines de monuments, des turbés[1] à ciel ouvert. Il passa près des restes considérables de la mosquée édifiée par Amr, le conquérant qui avait amené l'Islam en Égypte. Il atteignit Fostat, un modeste quartier à l'écart de la ville, où se groupaient les couvents grecs, arméniens et syriaques et où ses promenades l'avaient plusieurs fois mené.

Sur le quai du Nil s'alignaient quelques felouques. Jean les visita l'une après l'autre, mais les marins étaient partis chez eux et tout alentour dormait. Jean n'avait aucun moyen de s'échapper du Caire. Il serait immanquablement trouvé et arrêté. Il venait de voir à l'œuvre Daoud Pacha pour savoir que ce dernier ne s'embarrasserait pas de scrupules pour frapper. Il s'attendait à tout instant à entendre le galop des cavaliers lancés à sa poursuite. En attendant, le silence le plus profond régnait autour de lui.

Un bruit venant d'une felouque le tira de ses réflexions. Il ne l'avait pas bien inspectée, car au fond de l'embarcation dormait son capitaine qui s'était retourné dans son sommeil. Jean bondit sur le marin et

---

1. Monument funéraire islamique en forme de petite mosquée à dôme.

l'éveilla plutôt rudement. Celui-ci grommela des jurons, mais ouvrant les yeux, il reconnut l'uniforme que portait Jean, ce qui lui fit grande impression. Il exhiba de nouveau son ordre de mission que le marin était bien incapable de lire, mais sachant reconnaître un document officiel, il se mit aux ordres de Jean. Bientôt il levait la voile, et alors que la première lueur de l'aube apparaissait à l'horizon, la felouque s'éloigna en direction du sud.

Jean s'était bien gardé de gagner le port de Bulaq car, à peine sa disparition découverte par les gardes du vice-roi et l'alerte donnée, les recherches s'orienteraient principalement vers le nord, c'est-à-dire les routes d'Alexandrie et la voie du Nil. Toutes les felouques du port de Bulaq seraient soigneusement fouillées.

Pourquoi le sud ? Le nord serait étroitement surveillé. À l'ouest, le désert s'étendait sans fin peuplé de tribus féroces. Les musulmans occupaient l'Est. Ne restait que le Sud, où, très loin, commençait l'empire chrétien d'Éthiopie dont les prêtres avaient parlé à Jean. Avec l'Égypte, depuis des décennies, cet empire restait en état de guerre larvée. Justement Daoud Pacha venait de faire partir du Caire une armée destinée à combattre les Éthiopiens. Le faux ordre de mission que Jean s'était forgé lui ordonnait de rejoindre ce corps expéditionnaire. Il était persuadé qu'une fois là-bas, il trouverait bien un moyen de se faire reconnaître par ses frères de religion.

Au cours de ces années où il s'était entièrement donné à sa carrière militaire dans l'armée d'Égypte, Jean n'avait jamais pleinement accepté sa condition. Souvent, il avait songé à s'échapper. Longtemps cette éventualité était restée hors de question car il était trop surveillé. Depuis qu'on lui laissait le champ libre, ce besoin était devenu accessible. Officier respecté, favori du vice-roi, promis aux plus hautes fonctions, il n'en restait pas moins un esclave, comme le lui avait rappelé Latifa. Il ne pouvait plus rien pour cette femme qu'il aimait encore, sinon obéir à son dernier souhait et fuir. Il osait espérer que la Providence serait clémente envers sa maîtresse qu'il était obligé d'abandonner. Il savait aussi que la belle copte pouvait compter sur ses propres ressources et son esprit inventif. La déception que lui avait infligée Daoud Pacha en lui révélant son vrai visage de cynisme, de jalousie, de cruauté, avait effacé ses dernières hésitations.

Un autre élément avait joué un rôle important dans son esprit pendant cette journée dramatique. Il avait compris que, depuis sa naissance, les circonstances avaient entièrement et exclusivement conduit sa vie. Non seulement il n'avait jamais connu la véritable liberté mais il n'avait jamais eu droit au libre arbitre. Il avait donc décidé de prendre son destin en main. Au moment où le soleil apparut derrière les falaises et inonda d'une lumière orangée les eaux du Nil, la palmeraie qui le bordait et les lointaines collines du désert, il éprouva une profonde exaltation. Il avait réussi à s'échapper, et il laissait loin derrière lui un passé de contraintes. Rien ne le retenait, il était libre, libre, libre.

Remontant le Nil, la felouque passa par Minya, Asyout, Louksor, Assouan. À la première cataracte du Nil qu'ils rencontrèrent, il abandonna la felouque, et, comme tant de voyageurs, longea à pied et à contre-courant le fleuve. Il retrouva plus haut une autre felouque qui le mena toujours plus vers le sud. Elle voguait au milieu d'un désert minéral où le sable blanc se mêlait à des roches noires d'origine volcanique. De cette désolation s'élevaient des pyramides édifiées par des pharaons africains. À Atbara, Jean abandonna le Nil pour emprunter un de ses affluents, en direction du nord-ouest de l'Éthiopie qu'il voulait atteindre. La navigation devint de plus en plus difficile, les rochers affleuraient, les bancs de sable se multipliaient.

Un beau matin, le Soudanais qui menait la felouque refusa d'aller plus loin. La région était insalubre, des tribus révoltées y semaient la mort. Tout l'argent que lui promit Jean n'y fit rien, le Soudanais avait peur. Jean décida de poursuivre seul, à pied. Le Soudanais le supplia de n'en rien faire. Il lui proposa de revenir avec lui en arrière, de reprendre le cours du Nil jusqu'à Khartoum, puis de là remonter un de ses bras jusqu'à l'ouest de l'Éthiopie. Jean refusa, il ne voulait pas reculer, ne serait-ce que d'un pas. Revenir en arrière, c'était pour lui retrouver l'esclavage.

Il partit donc, se guidant vaguement grâce à une boussole. Très vite, il se rendit compte que le Soudanais avait eu raison : il s'avançait dans une région qui paraissait sans fin, plutôt plate, sablonneuse, où ne poussaient que des arbustes épineux dépouillés de leurs feuilles. Parfois, il devait descendre au fond d'un cours d'eau à sec pour remonter péniblement une pente, se coupant les mains et les pieds aux rochers effilés. Rien n'aurait pu être plus monotone, plus déprimant que cette nature, mais surtout, elle ne produisait ni eau ni nourriture. Jean ne rencontra aucun nomade en rébellion, et très vite, il fut la proie de la faim et surtout de la soif. De temps en temps, il trouvait un ancien point d'eau où un peu de liquide boueux et fétide achevait de se dessécher sur fond d'argile. Il déterrait les racines de quelques plantes qui poussaient alentour et les mastiquait avec dégoût. La fatigue s'ajouta à ses malheurs. Chaque pas devenait difficile, et pourtant il ne voulait pas s'arrêter tant il avait l'impression que cela équivaudrait à la mort. Il bandait sa volonté pour mettre un pied devant l'autre, de plus en plus lentement, de plus en plus lourdement. Ses jambes fléchissaient, il tremblait de tout son corps, il continuait à marcher. Il savait que là-bas, très loin devant lui, l'attendait le salut. Son corps refusa de lui obéir. Malgré lui, il s'écroula. Un profond découragement l'envahit. Allait-il échouer si près du but ? S'était-il libéré du poids qui l'accablait depuis sa naissance pour mourir bêtement de faim et de soif dans le désert ? Il devait trouver la force de poursuivre à tout prix. Il réussit à se relever une fois, deux fois, et à avancer de quelques pas. À la troisième chute, il resta étendu, immobile, l'esprit enfiévré bercé de souvenirs, d'images, de visions. Bien qu'il gardât les yeux ouverts et que la matinée ait à peine commencé, tout, brusque-

ment, lui sembla autour de lui plongé dans la plus
épaisse obscurité. Alors, il sut qu'il allait succomber.
Au moins, se dit-il, il ne mourrait pas esclave mais
homme libre. Il réussit à murmurer « Sainte Vierge
ayez pitié de moi », puis sombra dans l'inconscience.

Éthiopie – 1547

Lorsque Jean ouvrit les yeux, il fut presque aveuglé par un grand rectangle de lumière, puis il distingua plusieurs hommes, plusieurs femmes, des Africains penchés sur lui. Ils étaient tous très grands et très maigres, avec de vastes chevelures crépues. Les hommes presque nus brandissaient de longues lances, les femmes drapées dans des étoffes bariolées le regardaient avec intensité. Il se trouvait dans une vaste case dont le rectangle de lumière constituait l'ouverture. Il eut un mouvement de recul, puis tenta de se lever. Deux femmes le maintinrent sur le sol, et lui firent avaler une potion. Il s'endormit aussitôt.

Petit à petit, il comprit qu'il avait été trouvé dans le coma par des indigènes qui l'avaient recueilli et soigné efficacement. Il s'était véritablement trouvé aux portes de la mort, et depuis il reprenait ses forces lentement. Pendant sa convalescence qui prit du temps, il eut tout le loisir d'observer la vie autour de lui. Ces membres de tribus semi-sédentaires habitaient une région dure et peu généreuse. Ils compensaient leur pauvreté en faisant preuve d'une profonde générosité, comme d'une extraordinaire habileté à s'adapter aux exigences de leur environnement. Ils étaient économes de leurs moyens et organisés jusqu'aux moindres détails. Il fallait un certain génie pour vivre dans cette région, et Jean se plut à le mesurer. À la reconnaissance envers ceux qui l'avaient soigné se joignit bientôt un sincère respect. Les indigènes le sentirent, et lui témoignèrent une véritable affection.

Apparut un jour dans leur hameau un moine éthiopien tout de blanc vêtu. Il revenait d'un pèlerinage à Jérusalem, cité sainte sur laquelle l'Éthiopie chrétienne avait des droits. Il s'en retournait par petites étapes chez lui dans son couvent, au cœur de l'empire d'Éthiopie. Jean lui demanda, par gestes, de l'emmener. Le moine accepta. Les adieux de Jean avec les membres de la tribu furent chargés d'émotion de part et d'autre. Les indigènes lui offrirent toutes sortes de provisions pour la route, n'hésitant pas à se dépouiller pour leur hôte. Puis les deux hommes s'éloignèrent sur le sentier de sable rougeâtre.

Pendant de longues et pénibles semaines, ils traversèrent le même genre de savane où Jean avait cru mourir de faim et de soif. Seulement, le moine était habitué à la région. De loin, à certains repères, il savait où se trouveraient des points d'eau. Plutôt que de consommer les provisions données par les indigènes, il préférait se nourrir de racines, mais, au contraire de Jean, il savait choisir les plantes les plus nourrissantes. Malgré tout, la chaleur terrifiante, l'aridité du sol, et les difficultés inattendues qu'ils rencontraient rendaient leur progression lente et pénible.

Progressivement, ils virent le paysage se soulever en collines rondes. Bientôt leur succédèrent des cimes de plus en plus hautes. Ils étaient forcés de descendre dans de profondes vallées avant d'escalader des pentes raides où les sentiers devenaient toujours plus étroits. Cependant, la température avait baissé et la verdure était apparue. Jean en éprouva un profond soulagement. Un jour, ils trouvèrent l'horizon barré par des montagnes effilées qui semblaient infranchissables. Mais le moine trouva des cols. Jean frissonna, et se demanda comment son compagnon légèrement vêtu de ses draperies immaculées supportait ces températures quasi glaciales. Parvenus sur l'autre versant des montagnes, ils pénétrèrent dans le cœur même de l'Éthiopie, une région de très hauts plateaux où les cultures s'étageaient par degrés et où des fleuves sinuaient au fond de larges vallées. Jean remarqua que le moine s'arrêtait souvent pour observer les alentours, et qu'il inventait des détours pour les abriter sous le couvert des arbres ou à l'ombre de rochers. Son guide lui fit comprendre que les seigneurs de la guerre musulmans avaient envahi cette région et occupaient maintenant tout le nord de l'Éthiopie.

Ces précautions ne les empêchèrent pas de tomber dans une embuscade. Ils s'avançaient à demi courbés entre des buissons qui atteignaient leurs épaules lorsque, surgis de nulle part, une dizaine d'hommes les assaillirent et en un rien de temps les neutralisèrent. Ils furent emmenés jusqu'à un campement dissimulé au creux d'un vallon. Le chef vint les inspecter. Le moine, il l'eut sans hésitation fait exécuter, mais son compagnon l'intriguait. Ce n'était pas tous les jours que l'on voyait un Européen dans ces régions, de plus vêtu d'un uniforme en lambeaux de l'armée ottomane. Ne sachant visiblement qu'en faire, il aboya un ordre. Quatre de ses soldats encadrèrent les deux prisonniers et, de manière plutôt rude, les enjoignirent de se mettre en route.

Pendant plusieurs jours, ils furent condamnés à des marches forcées sans savoir où ils allaient. Leurs gardes les nourrissaient à peine et les laissaient peu dormir, pressés de conclure leur mission. C'est ainsi que les deux prisonniers arrivèrent, épuisés, au campement de l'armée ottomane, celle-là même que Jean, d'après son faux ordre de mission, devait rejoindre. En fait d'armée, il s'agissait d'un important contingent chargé d'encadrer les troupes des roitelets locaux afin d'attaquer l'empire chrétien d'Éthiopie. Jean n'eut qu'à exhiber le document qu'il avait lui-même fabriqué pour être reçu à bras ouverts. Les officiers turcs, qui détestaient les indigènes, l'assurèrent qu'ils n'auraient jamais assez d'hommes pour battre les Éthiopiens et surtout pour discipliner leurs alliés locaux. La première action de Jean fut de sauver la vie du moine que les Turcs voulaient décapiter. Il leur expliqua que celui-ci l'avait guidé jusqu'à eux, aussi, sans faire trop de difficultés, ils le relâchèrent. Le moine ne se fit pas prier pour disparaître au plus vite.

Autant ses camarades officiers avaient accueilli chaleureusement le capitaine Frangi, le favori du vice-roi, autant Jean éprouva, d'emblée, une antipathie instinctive pour leur commandant. De courte taille, laid, noiraud, avec de petits yeux étincelant de ruse et de méchanceté, il compensait un sentiment d'infériorité par l'arrogance. Il s'adressa à Jean d'un ton abrupt : « Pourquoi avez-vous choisi la voie du désert pour nous rejoindre, plutôt que de suivre le chemin que nous-mêmes avons suivi, c'est-à-dire par terre jusqu'à Suez, puis en felouque jusqu'au port de Souakin, devenu notre base il y a peu de temps, puis de nouveau à pied, mais à travers des régions occupées par nos amis ? Vous auriez dû nous emboîter le pas pour nous retrouver. » Jean n'allait tout de même pas lui expliquer qu'il n'aurait certainement pas emprunté cette voie qui, sa fuite découverte, aurait été aussitôt surveillée et où des messagers galopant nuit et jour auraient donné son signalement pour qu'il soit arrêté incontinent. Il répondit d'une voix claironnante : « Je voulais emprunter le chemin le plus court. J'étais pressé de rejoindre mon poste. » Cette manifestation de zèle ne parut pas convaincre le commandant. Jean sentit aussitôt naître en lui le soupçon. Il se garderait bien d'en faire part à Jean, mais désormais celui-ci serait soumis, nuit et jour, à une surveillance invisible, et au moindre écart, il serait aussitôt arrêté, auquel cas il préférait ne pas imaginer son sort. Le commandant fit partir un courrier pour Le Caire et Jean ne douta pas qu'il informait Daoud Pacha de son arrivée et demandait des instructions le concernant. Jean avait donc jusqu'au retour du courrier, dans plusieurs semaines, pour trouver une solution.

Entre-temps, traité en recrue de choix, il fut versé dans l'artillerie qui se composait de canons vétustes. Plusieurs officiers furent désignés pour l'assister… et le surveiller. Il ne renâcla pas devant sa lourde tâche, travaillant jusque tard dans la nuit pour améliorer cette artillerie. L'armée musulmane progressait vers le lac Tana autour duquel s'agençait l'empire chrétien d'Éthiopie. Les Turcs essayaient de se faire entendre des troupes des roitelets qui s'avançaient dans le plus grand désordre. Ils étaient entrés dans la province de Wadj, lorsque les éclaireurs vinrent annoncer que l'armée éthiopienne se trouvait toute proche. Le commandant turc ordonna d'arrêter la marche et de dresser le camp. Le lendemain, l'aube se levait à peine alors que Jean achevait d'endosser son armure. Sa situation impossible le rongeait : il était chargé de semer la mort chez les Éthiopiens, alors qu'il ne rêvait que de passer dans leur camp. Cependant sa détermination fouettait son énergie. Quoi qu'il arrive, il avait décidé qu'avant la fin de cette journée, il aurait retrouvé ses frères chrétiens.

Les musulmans comptaient trouver les Éthiopiens sur les hauteurs vers lesquelles ils se dirigeaient, lorsque, au sortir des bois qui avaient abrité leur camp, ils aperçurent tout d'un coup l'armée éthiopienne rangée en ordre de bataille de l'autre côté de la vallée. Le spectacle était terrifiant, mais aussi magnifique, car le soleil faisait étinceler au loin les boucliers et chatoyer les mille fanions des Éthiopiens. Malgré la distance, Jean distingua le jeune empereur Galadewos à l'immense étendard rouge brodé d'un lion d'or qui flottait à côté de lui. Promenant sa longue vue sur les Éthiopiens, il sursauta et ne put s'empêcher de manifester sa stupéfaction au commandant turc : « Je ne rêve pas, je vois des uniformes européens chez les Éthiopiens, des officiers, des soldats, qui sont-ils ?

— Des Portugais, éructa le commandant, les Éthiopiens qui sont bien trop incapables de se défendre tout seuls les ont appelés au secours, mais les Portugais ont mis beaucoup de temps à répondre, au point que nous avons tous cru qu'ils ne viendraient jamais. Mais ils ont commis une grave erreur, car nous les écraserons comme nous écraserons les Éthiopiens. » Des Portugais, des Européens, tout près… Jean tressaillit d'espoir. Mais il n'y avait plus de temps à perdre.

Les deux armées s'avancèrent l'une contre l'autre. Une fois les Éthiopiens arrivés à distance raisonnable, Jean ordonna le tir. Il avait placé son artillerie sur une hauteur et il avait savamment pointé ses canons… pour épargner les Éthiopiens. Les premières volées de boulets tombèrent à côté des troupes chrétiennes. Jean jura, houspilla ses artilleurs, fit ajuster le tir. Les boulets tombèrent plus près des Éthiopiens, sans toujours les atteindre. Les officiers turcs qui l'entouraient grondèrent. Celui-ci comprit qu'ils ne croyaient pas à ses erreurs, ils le soupçonnaient d'éviter délibérément de frapper les soldats chrétiens et ils allaient le lui faire regretter. Jean n'avait que quelques minutes pour réagir.

Il ne pouvait cependant se résoudre à tirer sur ses frères chrétiens.

Mais soudain, la bataille bien engagée pour les musulmans prit un mauvais tour. Les troupes des roitelets locaux, indisciplinées, trop pressées, s'étaient jetées dans des marais qui tapissaient le fond de la vallée, et elles s'y engluaient, permettant aux Éthiopiens de les tuer à bout portant avec leurs longues lances. Encouragés par ce succès, ils contournèrent les marais et foncèrent sur le reste des troupes musulmanes. Celles-ci, démoralisées, reculèrent, avant de prendre la fuite. Les Éthiopiens les poursuivirent et les massacrèrent. Un régiment entier de cavaliers éthiopiens galopa vers la position où Jean avait installé son artillerie.

Il les vit arriver sur lui à toute vitesse. Le cavalier qui commandait le régiment leva son arme et jeta sa lance. Jean n'eut qu'une fraction de seconde pour s'écarter : elle entama son épaule au lieu de le frapper en pleine poitrine. Il tomba à terre. Aussitôt, il sentit des mains brutales l'attacher et l'entraîner. Les Éthiopiens l'avaient fait prisonnier. Ils tuaient systématiquement tous les soldats musulmans, mais épargnaient les officiers. Ceux-ci, dont Jean, son épaule saignant abondamment et le faisant durement souffrir, furent traînés avec rage et violence jusqu'au camp de l'empereur Galadewos. Les tentes de chaque arme en toiles de couleurs variées, les unes rouges ou bleues, d'autres vertes et jaunes, étaient surmontées de longues flammes flottantes. Entouraient les tentes des « ras », les princes éthiopiens, reconnaissables à leurs larges pavillons zébrés et aux énormes tambours de guerre placés à leur porte. Un mur de toile de près de trois mètres de haut formait l'enceinte du quartier impérial. Jean et les autres prisonniers furent enfermés dans un espace à ciel ouvert, délimité par un cercle de branchages épineux, dans lesquels étaient fichées des lances acérées pointées vers les prisonniers déjà étroitement attachés.

Jeté par terre comme les autres et brûlé par le soleil, Jean, la plaie de son épaule toujours ouverte et saignante, sentit ses dernières forces l'abandonner. Le désespoir le prit à la gorge : il n'avait enfin trouvé ses frères chrétiens que pour être traité par eux en ennemi irréductible. Au lieu de l'accueillir à bras ouverts, ils lui promettaient un sort effroyable, car Jean ne doutait pas de l'issue fatale de son emprisonnement. Alors, plus forte que jamais, revint la conviction qu'il était né sous une mauvaise étoile. En vérité, la vie ne valait pas la peine d'être vécue, et mieux valait accepter la mort qui l'attendait. Un bruit de tambours et de fifres le sortit de sa torpeur fiévreuse. Il vit défiler une troupe de soldats, le sabre au clair, courant plus que marchant, suivie d'une bande de musiciens. Derrière eux marchaient à la même vitesse des gardes portant un dais dont les longues courtines rouges dissimulaient complètement le cavalier chevauchant en dessous. À peine aperçut-il le cheval blanc sur lequel il était monté. Des jeunes gens à cheval, portant de courtes piques entourées de houppes de crin teint en rouge ou en bleu terminaient le cortège qui s'engouffra dans le quartier

impérial, et disparut en un clin d'œil derrière les murs
de toile. Jean comprit qu'il avait vu passer le vainqueur de la journée, l'empereur Galadewos.

Peu après, les branchages qui formaient la porte de
leur prison s'ouvrirent. Des soldats éthiopiens y pénétrèrent, qui s'emparèrent avec la dernière brutalité des
prisonniers un par un pour les emmener dans le quartier
impérial. Le premier fut le commandant turc, le vaincu
de la journée, puis ses officiers, puis les chefs des
armées locales. Aucun ne revenait. Jean fut laissé en
dernier, intentionnellement. Lorsque les soldats éthiopiens vinrent le chercher, plutôt que de se laisser traîner
comme une bête à l'abattoir, il fit l'effort de se mettre
debout et de marcher malgré ses entraves et sa plaie.
En pénétrant dans l'enceinte du quartier impérial, il eut
un mouvement de recul : devant lui s'étendait un tapis
de corps sans vie. L'empereur Galadewos n'avait fait
grâce à aucun officier ennemi. Déjà, à la fin de la
bataille, il avait fait tuer tous les soldats, même ceux
qui s'étaient rendus. Aucun combattant musulman ne
devait survivre.

Poussé par les soldats, évitant de trébucher sur les
cadavres, Jean s'approcha du trône. L'empereur Galadewos était assis sur des coussins de brocart. Il avait à
peine vingt-cinq ans. Le menton volontaire recouvert
d'une barbe clairsemée, le nez busqué, les sourcils
froncés, le rictus méprisant le faisaient paraître plus
âgé. Il portait sur sa tête une haute couronne d'or et
d'argent, et tenait à la main une grande croix ouvragée
en or. Un voile bleu recouvrait le bas de son visage.

Un ample manteau de velours rouge sombre abondamment brodé d'or l'enveloppait.

Galadewos posa son regard froid et dur sur le dernier prisonnier vivant. Il se leva même, pour l'observer de plus près comme une bête curieuse, et Jean constata qu'il était fort petit. Ses yeux étincelaient alors qu'il le scrutait pendant un long moment. Jean remarqua, parmi les dignitaires éthiopiens agglutinés autour du trône, plusieurs officiers portugais, et surtout, assise à côté de l'empereur sur un trône plus bas, une femme au lourd visage. À son air d'autorité et son port majestueux, il devina qu'elle était une princesse de la famille impériale.

Finalement, l'empereur aboya des paroles en asmari, sa langue, qu'un officier portugais traduisit en français qu'il parlait malaisément. « Tu es visiblement un Européen. Tu as certainement renié ta religion pour qu'on t'ait envoyé nous combattre. » Jean, piqué par l'insulte, se redressa et répondit d'un ton sec : « Je n'ai jamais abandonné la vraie foi.

— Tu es prêt à inventer n'importe quel conte pour sauver ta vie. Mais le mensonge t'aura été inutile, et ne fera qu'ajouter à tes crimes. C'est pour cela que je t'ai gardé en dernier. Tu seras l'objet de l'ultime exécution de cette journée victorieuse, mais de celle aussi qui m'apportera le plus de satisfaction. » À un geste de sa part, les soldats se jetèrent sur Jean pour l'emmener vers le bourreau qui l'attendait, son sabre sanglant à la main.

Avant d'y être forcé, Jean s'agenouilla et, sans hésitation, tendit son cou. À ce moment même, une injonction lancée par une voix féminine figea l'assistance. Jean se redressa : celle qui avait parlé était la princesse assise à côté de l'empereur. Elle se pencha vers ce dernier et lui tint un long et véhément discours. Galadewos l'écouta les sourcils froncés, avec une visible exaspération. Finalement, il parut se résigner, éructa à son tour un ordre. Le bourreau rengaina son sabre. Le Portugais traducteur expliqua à Jean que l'empereur avait décidé de surseoir à son exécution pour examiner à nouveau son cas. Il fut ramené dans l'enclos qui servait de prison et dont il était désormais le seul occupant.

La nuit tomba. Les torches furent allumées tout autour afin que le prisonnier, sous surveillance constante, n'ait aucune possibilité de s'échapper. Bientôt, il vit s'approcher un cortège. Il reconnut en tête la femme, la princesse qui lui avait sauvé la vie en faisant surseoir à son exécution. Lippue, les petits yeux noirs et perçants, le nez et le bas du visage massifs, on voyait qu'elle était habituée à commander. Un voile bleu enrobait sa tête, laissant dépasser des cheveux crépus. Son manteau somptueusement brodé traînait sur le sol. Elle était suivie de ses femmes ainsi que d'un officier portugais.

D'un geste, elle fit ouvrir les branchages qui formaient l'entrée de l'enclos. Elle y pénétra, s'approcha de Jean, et lui parla lentement, d'une voix presque masculine. Le Portugais qui l'accompagnait traduisit : « Je suis la princesse Zoditu, la sœur de l'empereur. Désormais, tu es sous ma protection», et se retournant, elle s'éloigna à pas lents. Ses femmes et le Portugais qui se révéla être le médecin du contingent envoyé par le roi de Portugal soutinrent Jean pour qu'il pût marcher. Ils suivirent la princesse jusqu'à son enclos particulier dressé tout près de celui de l'empereur. Le mur de toile abritait plusieurs tentes, la plus grande destinée à la princesse, les autres aux membres de sa suite. Jean fut mené vers l'une d'elles et étendu avec toutes les précautions possibles sur une couche confortable. Les femmes de la princesse Zoditu le déshabillèrent, le médecin examina sa plaie. Elle était profonde mais sans gravité. Jean avait surtout perdu beaucoup de sang. Le médecin la couvrit d'onguents et la banda.

Jean était déjà tombé dans un profond sommeil. Au milieu de la nuit, il se réveilla. À la lueur de la lampe laissée allumée, il distingua, recroquevillée dans un coin de la tente, une forme féminine. Une femme extraordinairement belle le regardait anxieusement. Elle avait un très long cou, une tête élongée et des yeux étirés en amande. Jean reconnut une des suivantes de la princesse Zoditu qu'il avait eu le temps de remarquer. Il lui sourit et lui fit signe d'approcher. D'un bond, elle se releva et s'enfuit de la tente aussi gracieuse qu'une gazelle. Sa longue robe à l'étoffe finement plissée épousait ses formes. Elle avait permis à Jean de noter ses longues jambes fuselées, son ventre plat, ses seins haut placés. Conforté par cette vision, il se rendormit le sourire aux lèvres.

Dans la matinée, la princesse Zoditu vint lui rendre visite car sa faiblesse l'empêchait de se lever. Malgré la lourdeur de ses traits, elle n'était pas à proprement parler laide. Ses traits puissants, sa taille élevée, ses larges épaules l'auraient plutôt fait ressembler à une ogresse, mais une ogresse sensuelle, capable de susciter le désir. Jean avait commencé par la remercier de l'avoir sauvé. Elle ronronna de satisfaction. Assise au bord du lit de Jean, elle lui parla longuement de l'Éthiopie et de ses souverains. Elle était très fière de l'histoire de sa famille qui se confondait avec celle de son pays et prenait plaisir à l'évoquer.

Donc, il y avait plus de deux mille ans, la reine de Saba, la fabuleusement belle Balkis dont les États s'étendaient à peu près de l'Éthiopie à ce qui est aujourd'hui le Yémen, ayant entendu parler comme le monde entier de la renommée du roi Salomon, était partie pour Jérusalem à la tête d'une interminable caravane. Elle avait fait son entrée dans la capitale du royaume entourée d'une pompe et d'un luxe inouïs. Le roi Salomon l'attendait sur son trône d'or. Un regard avait suffi pour qu'ils tombent éperdument amoureux l'un de l'autre. Ils avaient vécu une passion torride dont il résulta un fils, Ménélik. Celui-ci, devenu souverain d'Éthiopie, était le premier ancêtre de Zoditu. Plus tard, ces liens dynastiques entre l'Éthiopie et le Levant avaient permis aux missionnaires chrétiens d'évangéliser très tôt ce coin d'Afrique, l'Éthiopie devenant probablement le plus ancien royaume chrétien. Puis l'Islam avait surgi qui avait conquis le Levant, l'Afrique du Nord, isolant totalement l'Éthiopie chrétienne dont l'existence même s'était peu à peu effacée de la mémoire des Européens. Cependant, dès le Moyen Âge, ceux-ci entendirent parler du fabuleux royaume du prêtre Jean, le roi pontife d'un immense empire chrétien dont personne ne savait exactement où il se trouvait, et dont la recherche suscita de nombreuses expéditions, toutes infructueuses. Les musulmans d'Islam en revanche connaissaient fort bien l'existence de l'Éthiopie. Or l'Islam, en prenant un nouvel élan, avec l'extension de l'Empire ottoman, était décidé à mettre fin à l'existence de l'Empire chrétien.

« Un beau jour, poursuivit Zoditu, les musulmans se sont mis à déferler sur l'empire. C'était il y a à peu près vingt ans. Ils venaient du nord, de l'est. Leur poussée semblait irrésistible. Le pire de tous, leur plus grand général, leur plus intelligent stratège, était le sultan d'Adal. Il était connu par son surnom de "gran", le gaucher. Mon père, l'empereur Lebna Dengel, tenta de s'opposer à son avance. En pure perte, nos troupes furent écrasées. Mon père dut se replier. J'étais une enfant alors, mais je me rappelle notre fuite, l'angoisse, le désespoir de mon père, de ma grand-mère, l'impératrice Eleni. Nous reculâmes de refuge en refuge. J'ai connu la peur car nous avons manqué de peu d'être faits prisonniers par les troupes du sultan d'Adal. Nous savions qu'à défaut de nous mettre à mort, il nous vendrait comme esclaves. C'est le sort que subissaient tous nos compatriotes femmes, hommes, enfants, qui tombaient entre ses mains. En même temps il pillait tout ce qui lui tombait sous la main. Les manuscrits qui racontaient notre Histoire, les évangiles les plus vieux de la chrétienté partirent en flammes. Il détruisait les

croix, les icônes, il brûlait les églises et les monastères,
il volait les couronnes et les bijoux. Fuyant sans arrêt,
nous avons atteint la frontière de l'empire. Encore une
défaite, et nous aurions été chassés d'Éthiopie. Mais il
y eut un répit, car les musulmans s'étaient trop éloignés
de leur base. Mon père mourut de chagrin, et mon frère
Galadewos lui succéda aussitôt. Il n'avait que dix-
huit ans mais il était déjà d'une envergure exceptionnelle : intelligent, énergique, décidé et courageux. Il
rallia ce qui restait de nos troupes et immédiatement
amorça une contre-offensive. Il gagna une, puis deux,
puis dix batailles. Il repoussait progressivement les
musulmans et semblait invincible. En quelques années,
il réussit à rejeter les envahisseurs hors de l'empire, et,
pour couronner sa victoire, il tua le sultan d'Adal, "le
gran". Il avait sauvé l'Éthiopie. Depuis, il règne avec
sagesse et fermeté. Je l'assiste autant que je peux, et je
me flatte d'être sa conseillère la plus écoutée. Les
femmes, dans notre dynastie, ont toujours joué un rôle
important, parce qu'elles savent ce qu'elles veulent et
qu'elles obtiennent toujours ce qu'elles veulent… »,
dit-elle en le regardant fixement. Jean frémit involon-
tairement. Ses traits se tendirent. « Tu es fatigué, ricana
Zoditu, je reviendrai. »

Toute la journée, Jean s'interrogea sur la gracieuse
apparition de la nuit précédente et sur la visite de la
princesse Zoditu. Le soir, après son souper, il feignit de
s'endormir. Les paupières à demi closes, il vit le pan
de sa tente se soulever et la ravissante suivante de la
princesse pénétrer silencieusement. Il ouvrit grand les
yeux, lui sourit et se releva pour lui tendre les bras.

Cette fois-là, elle ne s'enfuit pas. Elle s'assit sur son lit, à la place exacte où avait pris place la princesse Zoditu. Pointant son doigt sur elle-même, elle prononça le nom Tanis. Jean lui effleura le bras, elle frissonna de peur. Elle se releva et alla s'asseoir par terre dans un coin de la tente. Jean, affaibli, fatigué, sentit le sommeil le gagner. Elle avait posé sur lui un regard plus chargé de tendresse et d'amour qu'il n'en avait jamais vu. Profondément ému, il s'endormit heureux. Toute la nuit, elle resta à veiller sur lui. Lorsqu'il se réveilla, elle avait disparu.

Toute la journée, il redouta la visite de la princesse Zoditu. Heureusement, elle s'en abstint. Il attendait impatiemment que le soir vienne et que Tanis, la suivante, apparaisse. Par bonheur elle vint tôt, et comme si elle avait pris une importante décision, s'étendit sur sa couche à côté de lui. Il prit ce geste pour l'acquiescement à son désir. Avec lenteur et douceur, il l'embrassa, il la caressa. Elle ne participait pas. Au contraire, elle pleura, elle gémit et Jean constata qu'elle souffrait. Il utilisa son instinct et son expérience pour lui faire atteindre le plaisir. Il lui fallut du temps. Ce jeu exaltant, par instants frustrant, devint de plus en plus excitant jusqu'à ce qu'ils atteignent ensemble l'épanouissement de leurs corps. La nuit était avancée, las et comblés, ils reposaient côte à côte, lorsqu'ils entendirent du bruit hors de la tente. Tanis n'eut que le temps de se couvrir de sa robe et de se recroqueviller dans un coin de la tente comme Jean l'avait vue la première fois. La princesse Zoditu entra. Elle se planta devant la couche de Jean et contempla sa nudité, les yeux brillants de désir.

Elle laissa glisser sa cape somptueusement brodée, elle était nue. Ses intentions n'étaient que trop claires. « Il ne faut pas, princesse, bredouilla Jean.

— Tout ce que je veux devient possible.

— Je ne vous aime point, princesse.

— Je ne t'aime pas non plus, je te veux comme amant. »

Jean lança un regard désemparé à Tanis qui n'avait pas bougé. C'est alors que la princesse remarqua sa présence. En un instant, elle comprit tout. Elle se jeta sur sa suivante qui tentait maladroitement de couvrir sa nudité et la gifla à toute volée, si fort que ses ongles laissèrent des traces sanglantes sur le visage de la malheureuse. Tanis n'eut pas un cri mais des grosses larmes roulèrent sur ses joues. Puis, avec une force herculéenne, la princesse tira la jeune fille comme si elle était un fétu de paille et, indifférente à sa propre nudité, l'entraîna dehors vers sa propre tente. Jean sauta hors de son lit, et tout aussi nu, sortit pour les poursuivre. Un bras l'arrêta. Un étranger, un Européen, se tenait devant lui. Il reconnut l'uniforme portugais. « Que faites-vous ici ? Que se passe-t-il ? marmonna Jean.

— Je me présente. Rodrigo Aveiro à votre service. » C'était un grand échalas brun, blafard et l'œil tombant. Son apparence nonchalante cachait la plus redoutable lame du royaume du Portugal et un esprit aussi acéré que son épée. Jean tenta de l'écarter. « Il faut que j'aille au secours de Tanis.

— Justement, lui répliqua l'intrus d'une voix traînante, il ne lui arrivera rien tant que vous ne l'approcherez pas. » Cet argument frappa Jean, qui se calma.

« Mais, poursuivit le Portugais, nous serons mieux à l'intérieur pour bavarder. »

Les deux hommes revinrent dans la tente de Jean. La curiosité de ce dernier était allumée. « Que faisiez-vous à cette heure de la nuit dans l'enclos de la princesse Zoditu ?

— Je vous ai observé lorsque vous avez été condamné à mort. Vous avez manifesté un bien beau courage. J'ai compris que vous n'aviez jamais renié notre religion. Je vous ai suivi dans vos aventures amoureuses. La princesse Zoditu est une véritable ogresse, elle prend des hommes, l'un après l'autre, les garde tant qu'ils lui procurent du plaisir, puis les rejette, mais contrairement aux contes de fées, elle ne les dévore pas. La plupart ont connu, après leur liaison avec elle, de brillantes carrières. Vous pourriez les imiter, mais je ne pense pas que cette entreprise soit à votre goût.

— Cette femme me fait horreur.

— Ne le lui montrez surtout pas, car elle est vindicative, et si vous voulez vraiment le bien de cette ravissante suivante que vous appelez Tanis, surtout abstenez-vous de manifester le moindre intérêt pour elle.

— Je ne pourrai pas me passer d'elle.

— Je vous demande simplement, pour l'instant, d'être patient. Plus tard, nous aviserons. En attendant… »

Jean l'interrompit : « Pourquoi vous intéressez-vous à moi ?

— C'est justement ce que j'allais vous expliquer, mais auparavant, laissez-moi vous résumer notre histoire. Au début de ce siècle, nous les Portugais, nous avons réussi à faire le tour de l'Afrique, puis à envoyer nos flottes croiser dans l'océan Indien pour y établir un peu partout des comptoirs, étendant chaque jour plus notre empire colonial. Ainsi, les Éthiopiens ont-ils remarqué notre présence. Lorsque le père de l'actuel empereur Galadewos et de la princesse Zoditu, l'empereur Lebna Dengel, vaincu par les musulmans, se trouva au bord de la catastrophe finale, il nous appela au secours. Nous répondîmes à son signal de détresse. Débarquant sur la côte, nous sommes montés jusqu'au plateau de l'Éthiopie intérieure, et nous avons combattu pour les Éthiopiens. Nombre d'entre nous y ont laissé la vie. Devenus indispensables, nous nous sommes implantés dans le pays. De même que le contingent ottoman dont vous faisiez partie était chargé de mettre de l'ordre dans les troupes anarchiques des roitelets musulmans, de même, notre mission est d'encadrer les armées aguerries mais primitives de l'empereur d'Éthiopie et de les entraîner à la guerre moderne. Nous manquons d'hommes intelligents et décidés comme vous. D'autre part, si vous acceptez de porter l'uniforme portugais, vous serez à l'abri de la vindicte de la princesse et des intrigues de la Cour. »

Jean avait tant enduré en si peu de temps que, sans trop réfléchir, il accepta la proposition de Rodrigo Aveiro.

« Quel nom portiez-vous à votre naissance ? »

Jean se tut quelques instants, puis énonça clairement : Soragno.

« Bienvenue, capitaine Soragno, dans les armées du roi du Portugal, mon maître. »

Jean, engagé sous la bannière portugaise, s'aperçut vite que les occasions de combattre ne manquaient pas. Bien que l'empereur Galadewos les eût vaincus et repoussés, les musulmans ne cessaient pas leurs incursions dans l'empire, et l'armée impériale courait d'un front à l'autre pour les arrêter. C'est ainsi qu'un matin, il perçut une grande agitation dans le campement.

« Nous partons nous battre, lui annonça Rodrigo Aveiro.

— Donc, répondit Jean, les femmes vont être renvoyées dans la capitale. » Il avait tout de suite pensé qu'en temps de guerre, la princesse Zoditu serait mise à l'abri ainsi que ses suivantes, et qu'il n'aurait même plus le loisir d'apercevoir Tanis. Rodrigo sourit : « Il n'y a dans l'empire d'Éthiopie ni capitale ni palais. C'est une monarchie nomade, qui se trouve là où l'empereur se trouve. » Depuis des siècles, expliqua-t-il, la dynastie se déplaçait constamment au gré des besoins de l'administration ou des nécessités de la guerre.

Le camp fut rapidement levé et l'on se mit en marche, l'empereur sous son dais qui le recouvrait presque entièrement, la princesse Zoditu en sa litière portée à dos d'hommes, les princes et les courtisans dans leurs manteaux de brocart, les moines dans leurs draperies blanches, les soldats couverts de peaux de félin, lion ou léopard, les gardes armés de leurs longues lances, les serviteurs à demi nus. Malgré la distance, Jean reconnut Tanis marchant derrière la litière de la princesse. Elle avançait avec sa démarche inimitable, faite d'élégance et de sensualité, la tête haute, elle paraissait sourire à la vie, et Jean se jura de la revoir. Lui-même chevauchait avec le contingent portugais. Le cortège chatoyant s'étendait sur plusieurs kilomètres, sinuant sur les collines rondes, entre les haies de très grands arbres qu'un vent léger agitait.

À l'étape, des nuées de serviteurs montaient l'enclos de l'empereur, celui de la princesse Zoditu et des autres dignitaires, puis dressaient les tentes multicolores. Enfin ils extrayaient de grands coffres cerclés de cuivre les objets indispensables au confort des grands personnages, déployaient des tapis à ramages, allumaient de grands chandeliers de bronze, disposaient de petites tables incrustées d'écaille et d'ivoire, tendaient des rideaux de gaze aux teintes pâles délicatement brodées d'or, posaient des boîtes, des aiguières, des plats, des coupes en jade blanc ou vert incrustées d'émeraudes et de rubis. Ces objets d'un luxe raffiné étaient tous importés de l'Inde avec laquelle l'Éthiopie commerçait activement. Jean n'avait jamais vu d'aussi belles créations et, par le biais de ce luxe poétique, il eut son premier contact avec le pays fabuleux d'où il provenait.

L'armée impériale débusqua les troupes musulmanes. Des combats s'engagèrent. Les musulmans furent repoussés. Une paix précaire revint pour quelques mois. Jean s'était dépensé sans compter. Ses qualités de combattant et de chef militaire avaient été remarquées. C'est ainsi qu'il devait participer à de nombreuses opérations de cette guerre larvée, et grâce à lui, les Éthiopiens gagnèrent les batailles. Il se rendait de plus en plus populaire auprès d'eux, il se montrait ferme mais aussi tolérant et généreux. Il ne se départait jamais de la plus profonde simplicité et il savait écouter. Malgré tout ce qu'elle lui avait fait subir, il aimait la vie, il aimait les êtres, et les êtres le lui rendaient bien. Seule l'attitude de l'empereur Galadewos à son égard le chagrinait. Le souverain ne cachait pas sa méfiance et sa répulsion, et pourtant, non seulement Jean lui manifestait le plus grand respect, mais il lui prouvait sans cesse sa fidélité et son dévouement, se mettant toujours en retrait, attribuant à la sagesse comme à l'expérience de l'empereur les victoires dont lui-même était responsable.

Lorsqu'il s'en ouvrait à Rodrigo, celui-ci haussait les épaules : « Bien que vous soyez resté chrétien, vous avez servi dans l'armée d'Égypte. Or, tout ce qui touche aux envahisseurs de son pays fait perdre à Galadewos toute mesure, toute rationalité. Ne croyez pas qu'il nous aime pour autant. S'il pouvait se passer des étrangers, il le ferait avec joie, seulement, voilà, il a besoin de nous, et n'ose pas s'opposer à ce que nous vous attribuions des postes de plus en plus importants. » Rodrigo s'arrêta pour réfléchir quelques instants. « Peut-être y a-t-il aussi autre chose. Galadewos écoute beaucoup sa sœur Zoditu. Il se peut que celle-ci distille dans son oreille tout le venin qu'elle a accumulé contre vous. » Jean exprima son scepticisme. « Au contraire, elle s'est calmée et ne s'occupe plus de moi, elle ne me voit pas, elle ne me remarque pas, elle m'a oublié, Dieu soit loué. » Rodrigo eut une moue dubitative, mais ne répondit rien.

Jean cachait à son ami Rodrigo qu'il revoyait en secret Tanis. Un soir, après son service auprès de la princesse Zoditu, elle avait réussi à sortir de l'enclos sans être remarquée et à rejoindre la tente de Jean. Depuis, ils se retrouvaient pendant quelques heures, la nuit, quand elle le pouvait. L'amour grandissait entre eux, d'autant plus que leurs corps avaient trouvé l'harmonie dans le désir et la sensualité. Une fois, Tanis lui expliqua ses réticences du début. Lors de l'invasion de l'Éthiopie, elle n'avait pas eu la chance de la princesse Zoditu, qui avait réussi à s'échapper, donc à être épargnée.

Violée par les musulmans qui s'étaient emparés de son village, elle avait été ensuite vendue comme esclave, et, pendant plusieurs années, avait dû se plier aux travaux les plus harassants, aux caprices érotiques d'hommes de tous les âges. Lors de la reconquête par l'empereur Galadewos, elle avait été libérée, mais pendant longtemps, elle n'avait pu songer à un homme sans répulsion. Tout avait changé le soir où elle avait vu Jean prisonnier, condamné à mort, puis sauvé. Elle en était tombée instantanément amoureuse, mais physiquement elle n'était toujours pas prête. Elle s'était offerte à lui par amour mais il lui avait fallu du temps pour se laisser aller et connaître le plaisir. Jean, par sa considération, par sa douceur, par sa tendresse, l'avait guérie.

Grâce à Tanis, Jean découvrit l'Éthiopie avec les yeux de l'amour. Il s'enthousiasma pour le lac Tana que gardaient tout au fond de l'horizon les hautes montagnes toujours enneigées et dont les rives verdoyantes invitaient le voyageur à la paresse. Sur plusieurs îles au milieu de l'eau se dressaient des monastères. D'autres avaient été édifiés sur les plateaux rocheux défendus par des falaises abruptes que l'on atteignait seulement grâce à une échelle de corde lancée par les moines. Jean visita les églises monolithiques en forme de croix creusées dans le roc et que reliaient des passages secrets. L'armée constituait la force mouvante de l'Éthiopie, tantôt très influente, tantôt très faible, tandis que l'Église éthiopienne était l'axe même du pays, inamovible et toute-puissante, presque plus importante que l'empereur. Galadewos l'avait si bien compris qu'il s'appuyait sur le clergé pour renforcer son pouvoir.

Jean, devenu indispensable, était de plus en plus absorbé par ses missions militaires. Extraordinairement exigeante avec ses suivantes, la princesse Zoditu laissait rarement Tanis en repos. La fatalité laissait donc peu de loisirs aux amants pour se retrouver et vivre leur pauvre mais intense bonheur. Le temps passant, ils prenaient de moins en moins de précautions, encouragés dans cette imprudence par le fait que personne ne semblait faire attention à eux. Jusqu'au jour où Rodrigo Aveiro prit son ami à part :

« Méfiez-vous de la princesse Zoditu. Elle remarque tout et elle n'oublie rien. »

Jean se rebiffa. « Je ne vois pas à quoi vous faites allusion. »

Rodrigo s'irrita d'être pris pour plus bête qu'il n'était : « Votre liaison avec Tanis n'a aucun avenir.

Jamais la princesse ne lui donnera sa liberté. Vous vous êtes déjà acquis ici une position considérable par vos propres mérites. Un avenir encore plus brillant vous attend, pourvu que vous soyez prudent.

— Je n'ai pas envie d'être prudent, je suis libre !

— Alors, vous allez tout droit au-devant de difficultés et de dangers que vous ne mesurez pas. Ne prenez pas ce risque. Retournez chez vous, en Europe. »

Jean ne répondit rien. « Au fait, reprit Rodrigo, vous ne m'avez jamais dit d'où vous veniez. Avez-vous une maison, avez-vous une famille ? »

Alors, Jean parla. Il savait pouvoir compter sur la discrétion de Rodrigo. Brusquement, il se libéra du poids que constituait pour lui le secret de sa naissance et de son lien avec le Connétable en le partageant avec son ami. Sans sortir de sa nonchalance habituelle, le Portugais parut prodigieusement intéressé et, de sa voix traînante, posa des questions sans fin.

« Je ne pensais pas que cela pût vous intéresser, annonça-t-il à Jean, mais le roi François est mort il y a quelques années. » Les nouvelles de l'Europe passées par Lisbonne rejoignaient le contingent portugais d'Éthiopie… avec au moins six mois de retard. Jean se demanda si la disparition du fils de Louise de Savoie, son ennemie, changerait quoi que ce soit en ce qui le concernait. Rodrigo devina sa question : « Son fils, désormais le roi Henri II, lui a succédé. Il paraît que c'est un homme bon et généreux. Vous pourriez revenir en France et tenter de vous faire reconnaître.

— J'ai trouvé ici le bonheur qui m'a fui pendant tant d'années. Je n'ai aucune envie de l'abandonner.

— Même si vous ne cherchez pas à récupérer votre potentiel héritage, ne serait-il pas agréable de renouer avec le continent de votre enfance, de votre adolescence, et de retrouver l'univers qui a été le vôtre ? Vous appartenez à l'Europe, et vous n'avez rien à faire ici. » Jean ne protesta pas, il réfléchissait. Le Portugais saisit son avantage : « Faites au moins un essai, sans vous couper définitivement de l'Éthiopie, et passez quelques mois en Europe. Vous y réfléchirez et vous trouverez la voie de la raison. » La voix de sirène du nonchalant Portugais se faisait tentante. À ce moment même, le hasard voulut que passe non loin d'eux la litière de la princesse Zoditu. Derrière, dans sa suite, s'avançait Tanis de sa démarche inimitable. Jean la regarda, puis secoua négativement la tête. Il resterait en Éthiopie.

Plusieurs années se passèrent ainsi. Jean guerroyait sans cesse et devenait le général le plus populaire de l'Éthiopie. Il arrachait les occasions de voir Tanis. Leurs amours s'épanouissaient dans la clandestinité. Contrairement à ce que lui avait prédit Rodrigo, la princesse Zoditu ne remarquait rien.

Le sultan d'Adal, le terrible « gran » qui avait presque entièrement anéanti l'Éthiopie chrétienne, était bel et bien mort, tué une dizaine d'années auparavant par Galadewos. Seulement, il avait laissé une veuve, ladite Wanbara, une musulmane digne par la personnalité, l'énergie et l'audace des princesses chrétiennes de l'Éthiopie, la reine de Saba, l'impératrice Eleni… et la princesse Zoditu. Elle avait relevé de ses décombres le royaume de son défunt mari, reconstitué une armée redoutable, et repris les attaques contre l'Éthiopie. Les affrontements entre les musulmans menés par Wambara et les Éthiopiens se multipliaient. Pour y mettre fin, Galadewos décida une véritable guerre d'extermination contre le sultanat d'Adal. Les Portugais le soutinrent, mais en la personne de Rodrigo Aveiro, demandèrent que Jean commandât l'armée éthiopienne. L'empereur se fit tirer l'oreille, il exigea qu'au moins un général éthiopien fût nommé chef de ses troupes. Le « ras[1] » Johannes fut donc adjoint à Jean. Ce puissant chef de tribus était dur et capable, mais ses vues étaient démodées, et sa stratégie dépassée. Dès le début, Jean et lui se querellèrent sur la tactique à suivre. Les officiers portugais insistèrent pour adopter celle de Jean, ce qui permit à l'armée éthiopienne de remporter victoire sur victoire. Finalement Jean prit d'assaut la capitale de la sultane Wambara, Harar, malgré les fortifications réputées imprenables que celle-ci avait fait élever. Son royaume conquis, Wambara disparut. L'empereur fit une entrée triomphale dans Harar. Les deux généraux, le Français et l'Éthiopien, défilèrent au milieu de leurs soldats. Ceux-ci qui avaient rudement vécu la réalité de la guerre savaient exactement ce qui s'était passé. Aussi acclamèrent-ils Jean sans faire attention à Johannes. Galadewos, pour qui la conquête du sultanat d'Adal représentait un succès inespéré, se piqua de le devoir à un étranger. Sa mine renfrognée en cette journée victorieuse en disait long sur son humeur.

---

1. Prince.

Après la prise de Harar, la horde impériale reprit la route du nord. Elle se déplaça ainsi pendant plusieurs semaines avant de s'arrêter au milieu de paysages magnifiques. La paix revenue, Jean eut le loisir d'explorer la région. Il y découvrit les couvents les plus anciens de l'empire. Ils avaient été pillés par les musulmans, mais certains avaient conservé quelques trésors qu'il se plut à étudier.

Un matin, on apprit au campement impérial que l'empereur avait destitué le « ras » Johannes car il ne lui avait pas pardonné d'avoir indirectement fait la gloire de Jean. Trop puissant pour être chassé de la Cour, le disgracié, fou de rage, s'était retiré dans son enclos. Cette nuit-là, Tanis ne vint pas rejoindre Jean qui ne s'en inquiéta pas : elle pouvait avoir été retenue par la capricieuse princesse Zoditu. La seconde nuit sans elle, l'impatience et l'anxiété le gagnèrent. Après la troisième nuit où il resta sans nouvelles, il s'alarma, il alla trouver Rodrigo, toujours au fait de tout, et lui demanda s'il savait ce qu'était devenue Tanis. Le Portugais n'avait aucune information et ne parut guère s'intéresser à la disparition de la suivante : « N'ayez crainte, Jean, elle réapparaîtra. Entre-temps, n'y pensez pas… » Ce dernier conseil incendia son esprit. Il ne se contint plus, se rendit dans l'enclos de la princesse Zoditu et eut l'audace de se présenter devant elle : « Voilà une visite que je n'attendais plus, lui lança-t-elle ironiquement en l'accueillant.

— Où est Tanis ? » gronda-t-il. La princesse ne parut pas heurtée par cette demande insolente faite sur un ton menaçant et dans des formes peu protocolaires. Négligemment, elle répliqua : « Je l'ai offerte au ras Johannes pour adoucir sa disgrâce. » Jean eut assez d'empire sur lui-même pour retenir les insultes qu'il allait lui lancer, mais son regard fut à ce point terrible que, pour une fois, la princesse sembla perdre de son assurance. Jean se retira sans la saluer.

Bien qu'elle ne fît pas partie de sa nature, les épreuves avaient appris à Jean la dissimulation. Toute la journée, il s'occupa de ses hommes comme à l'accoutumée, sous le regard anxieux et parfois interrogateur de Rodrigo Aveiro. Il ne dit ni ne manifesta rien susceptible d'inquiéter ce dernier. Cette nuit-là, il ne put fermer l'œil et, malgré son impatience, il sut attendre qu'une bonne partie s'en écoulât. Aux petites heures, il se releva et se glissa jusqu'à l'enclos de Johannes. Sans que celles-ci l'aient vu approcher, il assomma les deux sentinelles. Il pénétra dans la tente du « ras » qu'il trouva au lit en train de « s'amuser » avec Tanis laquelle paraissait inerte. Celui-ci l'entendit, se retourna et ouvrit la bouche pour appeler à l'aide, mais n'en eut pas le loisir car Jean lui porta un coup si fort sur la tête qu'il entendit l'os craquer. Tanis, le corps figé comme sans vie, gardait les yeux fermés. Jean la prit dans ses bras, elle ouvrit alors les yeux et se mit à pleurer convulsivement. Jean réussit à la calmer. Elle s'habilla, puis tous deux quittèrent l'enclos du « ras ». Ils parvinrent à la limite du campement impérial sans être repérés. Un des soldats éthiopiens de Jean les y attendait avec deux chevaux. Jean le paya généreusement, puis Tanis et lui, ayant enfourché leur monture, partirent au galop. La nuit éthiopienne était assez lumineuse pour qu'ils puissent se diriger sans éclairage.

Cette brève course les mena au couvent d'Abba Salama que Jean avait remarqué lors de ses promenades. À l'aube, ils arrivèrent devant un mur très haut et aveugle. Un escalier extérieur si étroit qu'une seule personne à la fois pouvait l'escalader les mena au sommet du rempart. Les bâtiments monastiques s'étendaient à l'intérieur d'un quadrilatère dominé par une sorte de donjon, au premier étage duquel on pénétrait par un pont-levis, lui aussi fort étroit. À l'intérieur, ils furent plongés dans une atmosphère mystérieuse et quelque peu oppressante. Les salles, les galeries étaient à peine éclairées par des fenêtres aussi hautes qu'étroites. Des nuages d'encens s'élevaient de brûle-parfums disposés un peu partout. Ils croisèrent des moines tout de blanc vêtus qui se déplaçaient silencieusement, tels des fantômes. Aucun meuble, sinon des moucharabiehs derrière lesquels ils devinaient des présences.

Ils arrivèrent dans la salle où l'abbé, prévenu de leur arrivée inopinée, les attendait. Cet homme encore jeune et gras, à la barbe courte soigneusement taillée, portait des vêtements blancs élégamment drapés beaucoup plus amples que ceux des moines. Connaissant Jean, tout au moins de réputation, il le salua courtoisement, mais avec une certaine réticence. Quant à Tanis, il n'eut même pas un regard pour elle. Jean savait qu'un couvent leur offrait un asile que même l'empereur ne pouvait violer. Mais ses intentions allaient plus loin. « Vous allez nous marier tout de suite, cette femme et moi», déclara-t-il d'un ton sans réplique. Tanis le regarda avec un mélange d'effarement et de bonheur indicible. L'abbé parut beaucoup moins heureux. Il connaissait son monde et argua qu'il fallait la permission de la princesse Zoditu pour qu'une de ses suivantes puisse se marier. «Vous n'avez besoin d'aucune autorisation, le coupa Jean.

— Peut-être faudrait-il attendre un peu», hasarda l'abbé de plus en plus méfiant. Jean sentit qu'il perdait du terrain et que sa dialectique n'aurait pas prise sur l'ecclésiastique, alors il fit jouer l'argument le plus efficace avec bon nombre de membres de tous les clergés de la terre : il sortit un lourd sac de pièces d'or et le tendit au prélat. Celui-ci annonça que le mariage serait célébré sur l'heure.

La main dans la main, Jean et Tanis pénétrèrent dans la chapelle du couvent située au dernier étage du donjon. Sur toutes ses parois couraient des rangées de saints et de saintes aux immenses yeux sombres soulignés de grands traits noirs qui semblaient les regarder avec étonnement. Les moucharabiehs séparaient la chapelle en deux derrière lesquels les officiants récitaient des prières. Assis en tailleur contre les murs, les moines de blanc vêtus avaient couvert leur tête de leur châle, blanc aussi, afin de dissimuler leur visage penché vers le sol. Immobiles, ils ressemblaient à d'étranges sculptures. D'innombrables bougies avaient été allumées aux lustres de bronze tarabiscotés dont les flammèches se distinguaient à travers des nuages épais d'encens. L'atmosphère était plus oppressante que jamais. Les officiants suivant l'abbé sortirent par les portes centrales des moucharabiehs. Ils avaient revêtu sur leurs vêtements blancs des ornements de brocart rouge et or ou bleu et or. D'une voix maussade, l'abbé récita les prières d'usage et procéda aux demandes. Jean claironna ses réponses. Celles de Tanis ne furent qu'un murmure. La cérémonie dura à peine le temps que l'abbé les prononce mari et femme. Il n'y eut point de félicitations, ni de banquet de noces. Les mariés se retirèrent dans la chambre qui leur avait été préparée dans le bâtiment des hôtes. Ils n'avaient pas besoin qu'on les festoie, la fête était en eux.

Le lendemain, ils restèrent dans leur chambre. Depuis qu'ils se connaissaient, c'était la première fois où ils pouvaient être l'un à l'autre, sans limite de temps, sans obligation de se cacher. L'abbé et les moines ne s'occupaient pas d'eux, et le présent les comblait suffisamment pour qu'ils n'échafaudent aucun projet d'avenir.

À la fin de la deuxième journée, laissant Tanis qui reposait, Jean sortit faire quelques pas dans la cour. Il regarda distraitement le donjon massif aux fenêtres quasi invisibles, les murailles très hautes qui enserraient dans un carré la cour et le modeste bâtiment des hôtes adossé à un des murs. Le couvent d'Abba Salama ressemblait beaucoup à une prison. Jean se sentait parfaitement heureux, et pourtant d'étranges idées lui passaient par la tête, des inquiétudes irraisonnées commençaient à poindre dans son esprit.

Il fut infiniment surpris de voir soudain paraître dans la cour son ami Rodrigo Aveiro, à la tête d'une vingtaine de ses soldats portugais. « Vous arrivez à point pour me féliciter, je viens de me marier, lui déclara Jean.

— Je sais, lui répliqua Aveiro, sans se départir de son flegme.

— Comment le savez-vous ?

— Parce que votre abbé a bombardé l'empereur de messages pour annoncer votre mariage et demander des instructions.

— L'empereur en a-t-il donné ? »

Aveiro, abandonnant son air nonchalant, parut soucieux. « Allons dans votre chambre, nous serons plus à l'aise pour parler. »

À leur entrée, Tanis, brusquement réveillée, se drapa pudiquement dans ses draps. Aveiro s'approcha, lui sourit et lui baisa la main. Puis, la mine encore plus soucieuse, il s'adressa à Jean :

« Nous avons eu une matinée animée au campement impérial. Le conseil se tenait à l'ordinaire. L'empereur présidait, avec à ses côtés la princesse Zoditu. Les ministres, les "ras" et moi-même, discutions de la prochaine campagne militaire lorsque le "ras" Johannes a fait irruption dans la grande tente impériale. Il avait la tête ensanglantée. Apparemment, vous n'avez pas tapé dessus assez fort pour la lui casser. Déchaîné de fureur, il s'est approché de Galadewos et, dans un langage ordurier, l'a accusé de vous avoir envoyé pour l'assassiner et lui voler la femme que lui avait offerte la princesse Zoditu. Galadewos, sans perdre son sang-froid, tâcha de le calmer. En vain. Le "ras" était au-delà de pouvoir écouter quoi que ce soit. Le poignard à la main, il se jeta sur l'empereur qui réussit à esquiver le pire mais reçut une profonde blessure au bras.

« S'ensuivit une confusion indescriptible. Les "ras" et les gardes se jetèrent sur Johannes et le poignardèrent. Il tomba transpercé de vingt, de trente coups, trouvant encore la force de maudire l'empereur. Quand ces Éthiopiens s'y mettent, ils deviennent carrément sauvages… Seule Zoditu était restée impassible qui donna avec efficacité les premiers soins à son frère. Mon instinct me dicta de me faire aussi petit que possible. Effectivement, le regard de Zoditu se posa sur moi et je sentis la haine brûlante qui l'animait. D'une voix de stentor, elle vous accusa, vous et votre épouse, d'avoir armé le bras du "ras" Johannes. Elle vomit tout ce qu'elle avait accumulé contre vous durant toutes ces années et que, malgré mes avertissements, vous n'avez pas voulu voir. Elle déclara qu'elle s'était méfiée de vous depuis le début. Elle avait compris que vous n'étiez qu'un traître qui ne recherchait que le pouvoir, avec pour seul but de vous débarrasser de Galadewos, mettre une marionnette à sa place et régner sur l'Éthiopie. Finalement, elle regretta de vous avoir sauvé la vie lorsque vous avez été fait prisonnier. Elle aurait mieux fait de laisser l'empereur vous décapiter, conclut-elle.

« Ces paroles correspondaient exactement à ce que voulait entendre Galadewos. Il la crut sans hésiter. Je vis son visage se durcir et prendre une expression féroce. Je ne bougeais plus, je ne respirais plus, j'étais transformé en statue, mais il me vit et m'ordonna de quitter promptement la tente. Je n'ai donc pu en entendre plus. Je ne doute pas que l'empereur ait donné les ordres les plus terribles contre vous et votre épouse. Je suis venu pour vous prévenir. Vous devez fuir sur l'heure, et je vous y aiderai. »

Brusquement, la porte de la chambre vola en éclats. Deux moines, cinq moines, dix moines, se précipitèrent, le bras levé armé de longs poignards. Les uns se jetèrent sur Tanis, les autres sur Jean. La jeune femme n'eut pas le temps de réagir, elle fut poignardée et tomba en criant le prénom de Jean. Celui-ci eut le réflexe de prendre son épée accrochée au mur et de tuer les deux moines qui étaient presque sur lui. Aveiro prit à revers les autres. Quatre moines tombèrent transpercés, et avant que les autres ne fussent revenus de leur surprise, le Portugais tira Jean hors de la pièce. Dans la cour, ses soldats luttaient valeureusement contre les autres moines.

Les deux hommes parvinrent hors du monastère, suivis des soldats portugais. Aveiro fit monter Jean sur son cheval, le fouetta pour le mettre au galop, tandis que lui-même et ses hommes ayant enfourché les leurs partirent à vive allure. Tout en chevauchant, Aveiro ne cessait de surveiller Jean qui ne semblait voir ni ne comprendre rien, comme s'il avait été drogué, et qui oscillait dangereusement sur sa selle.

Une dernière lueur de jour éclairait vaguement la route. Aveiro n'osait accélérer l'allure de peur de voir Jean tomber de cheval, ils contournèrent le camp impérial visible de loin aux centaines de torches qui l'éclairaient et parvinrent à la route du nord. Ce n'est qu'après avoir parcouru une longue distance et chevauché pendant des heures qu'Aveiro ordonna de s'arrêter un peu ;

il prit néanmoins la précaution de dissimuler leurs montures dans les buissons et d'interdire d'allumer un feu. Il aida délicatement Jean à s'étendre sur le sol. Celui-ci resta immobile comme un gisant, les yeux grands ouverts. Sans savoir s'il l'écoutait ou même l'entendait, Aveiro expliqua : « Depuis toujours Galadewos s'appuie fort intelligemment sur l'Église, le pivot historique, l'axe traditionnel de l'Éthiopie. Or, en ce pays souvent attaqué et envahi, les religieux ne sont pas des moutons qu'on mène à l'abattoir, ils sont candidats au martyre, mais après avoir chèrement défendu leur peau. Les invasions musulmanes les ont entraînés au maniement des armes. Aussi a-t-il suffi d'un ordre de l'empereur pour que les moines de votre couvent d'Abba Salama se transforment en spadassins. »

Jean se releva, agité, fiévreux, il devint volubile : « Je soulèverai l'armée, les hommes que j'ai menés à la victoire me suivront. Je renverserai Galadewos. Je le ferai prisonnier et je lui ferai subir le sort qu'a subi Tanis.

— Vous ne ferez rien de tout ça, lui répliqua, glacial, Rodrigo Aveiro. Sans l'aval de l'empereur, vous n'êtes plus rien pour l'armée. Il a probablement déjà appris que vous avez réchappé. Il fera tout pour vous trouver et vous tuer. Vous ne serez à l'abri dans aucun recoin de l'empire, même le plus reculé. Croyez-moi, vous n'avez qu'une solution, quitter au plus vite le pays. »

Comme pour lui donner raison, ils entendirent à ce moment-là des cavaliers galoper sur la route, probablement des gardes de l'empereur lancés à leur poursuite. Rodrigo dut tirer de toutes ses forces Jean pour qu'il se glisse sous un buisson. Lorsque les cavaliers eurent disparu dans la nuit, Jean murmura : « J'ai tout perdu, je n'ai plus envie de vivre… Qu'ils viennent me tuer, je les accueillerai avec soulagement.

— Ne dites pas de bêtises, trancha Aveiro, vous allez faire exactement ce que je vous dis, et je vous ferai sortir d'Éthiopie. »

Sous ses apparences nonchalantes et malgré son air endormi, le Portugais possédait un grand ascendant sur Jean, d'autant plus qu'il se trouvait dans un état apathique. Sur instructions d'Aveiro, ils remontèrent à cheval et reprirent la route du nord. Ils étaient prêts à des surprises désagréables et, à chaque agglomération, Aveiro leur faisait prendre toutes les précautions pour éviter des gardes chargés de les arrêter. À son étonnement, ils ne firent cependant aucune mauvaise rencontre, à croire que leurs poursuivants s'étaient évanouis dans la nature. Ils passèrent à Axoum où Jean n'eut aucun regard pour les extraordinaires obélisques qui se dressaient au milieu de la nature. Ils traversèrent la très vieille cité d'Asmara, et se dirigèrent vers la mer.

Le soir, à l'étape, la mélancolie de Jean reprenait le dessus. Parlant de la mort de Tanis, il remontait son passé : « Une fois de plus, les circonstances se sont emparées de mon destin, elles ont brisé mon avenir, elles m'ont rendu esclave de la situation. Pendant des années passées dans ce pays, j'avais pu me croire libre, mais ce n'était qu'une illusion. J'ai vécu une passion ensoleillée, j'ai caressé le pouvoir, j'ai atteint la renommée, et pourquoi tout cela ? Pour me retrouver un fuyard, sans patrie, sans famille, sans avenir. » Le Portugais le regardait de ses yeux tombants et l'écoutait sans répondre, sachant qu'un tel malheur était inaccessible à la consolation.

Il leur fallut plusieurs semaines pour atteindre le port de Massawa sur la mer Rouge. Ancienne possession éthiopienne, cette ville, à coups d'invasions et d'incursions, était devenue une sorte de condominium turco-portugais, un havre où toutes les nations pouvaient librement commercer. Les gouverneurs nommés par le sultan ottoman s'entendaient parfaitement avec les représentants du roi du Portugal pour se partager le gâteau. Officier supérieur portugais, Aveiro y régnait. Il avait décidé d'envoyer Jean en Inde, chez ses compatriotes portugais qui occupaient une grande partie de la côte ouest. Il n'y avait pas de temps à perdre, car des envoyés de l'empereur Galadewos allaient atteindre Massawa, retrouver Jean et le réclamer sans qu'on puisse le leur refuser sous peine d'une brouille catastrophique entre les Éthiopiens et les Portugais. Seulement, il n'y avait au port aucun navire portugais en partance pour l'Inde. Seul s'apprêtait à y lever l'ancre un navire négrier éthiopien. En effet, en échange de produits de luxe que l'Inde déversait sur la Cour d'Éthiopie, celle-ci envoyait en Inde des esclaves, commerce des plus fructueux. Le capitaine éthiopien ne connaissait pas Jean, il accepta donc à son bord l'officier portugais qui désirait rejoindre l'Inde. Aveiro chargea Jean de nombreuses lettres de recommandation pour les autorités portugaises locales. Au moment de leur séparation, Jean s'inquiéta pour Rodrigo : « L'empereur ne vous pardonnera pas de m'avoir aidé. Si vous retournez au campe-

ment impérial, il vous fera arrêter immédiatement. »
Aveiro eut un sourire ironique : « L'empereur est cruel
mais aussi rusé. Il a trop besoin de moi et de mes
hommes pour tenter quoi que ce soit. Il fera semblant
de rien et ne reparlera plus jamais de vous. » Jean posa
sa main sur le bras du Portugais : « Pourquoi avez-vous
fait autant pour moi ?

— Parce que, contrairement à ce que vous pensez,
votre avenir, loin de s'être fermé, ne fait que s'ouvrir.
Je regrette sincèrement que vous quittiez l'Éthiopie dans
ces circonstances. Mais vous n'êtes pas fait pour y poursuivre votre existence.

— Si Tanis avait vécu…

— Vous êtes avant tout un prince de la Maison de
Bourbon. La France vous appelle, elle vous réclame.

— Je ne sais même pas si je suis véritablement le
fils du Connétable.

— Et moi, je vous affirme, amigo meo, que vous
êtes un prince, un Bourbon, et le fils du Connétable. »

Rodrigo vit le désarroi de Jean, aussi ajouta-t-il plus
doucement : « En attendant une mission vous attend en
Inde. » Il fit demi-tour et revint à quai. La passerelle du
navire fut tirée et l'ancre levée. Les voiles se gonflèrent
et le navire, lentement, s'éloigna des côtes de l'Éthiopie.

Inde portugaise – 1555

Jean se retrouvait sur un navire négrier, non plus comme marchandise mais comme passager de luxe. Il plaignit les esclaves enchaînés dans la cale et se rappela ce qu'il avait éprouvé lorsqu'il y avait subi le même sort. Cependant, sa pensée était ailleurs. Elle ne quittait pas Tanis. Accoudé au bastingage pendant de longues heures, il la voyait s'avancer vers lui, de cette démarche qui l'avait tant frappé dès leur première rencontre. Sa mort cruelle lui avait infligé un coup de massue dont il ne se remettait pas.

Les Éthiopiens retirés sur les hauts plateaux de leur empire continental n'étaient pas connus pour leur commerce maritime. Les navires et les hommes du sultanat d'Oman et Mascat, petit État du sud-est de la péninsule Arabique, fournissaient les plus habiles bâtisseurs de navires et les plus doués des marins. Ils commerçaient avec toute l'Afrique, le golfe Persique et l'Inde. Ils avaient inventé des navires légers et rapides, étudié les vents de l'océan Indien, et savaient qu'à certaines époques ils soufflaient d'est en ouest et à d'autres d'ouest en est. Aussi choisissaient-ils le moment où le vent les poussait vers leur destination. Ils avaient de même dressé une carte des courants, afin d'être encore plus rapides. Leurs connaissances et leur expérience leur permettaient d'échapper aux prédateurs qui infestaient l'océan Indien. Jean avait la chance d'avoir pour capitaine le plus habile d'entre eux, appelé El Sihdi. Il amenait des esclaves qu'il vendrait au sultan de Bijapur, et en retour il assurait le transport et la protection des pèlerins des États musulmans de l'Inde qui se rendaient à La Mecque. Son expérience ne fut pas de trop pendant le voyage de Jean car, à plusieurs reprises, celui-ci aperçut des navires qui les prenaient en chasse. C'étaient des pirates hollandais ou anglais qui, jaloux d'honnêtes commerçants portugais ou éthiopiens, faisaient tout pour s'emparer de leurs richesses. Toutefois, les marins du navire négrier, ni impressionnés ni apeurés par le danger et galvanisés par le capitaine El Sihdi, en levant ici une voile, en changeant là de cap, échappaient à leurs poursuivants.

Un matin, Jean aperçut à l'horizon une forteresse qui semblait littéralement jaillir de la mer. Jahira, plantée sur un rocher, avait été construite une quarantaine d'années plus tôt par les Éthiopiens et servait de point de chute à leur commerce. Les esclaves qu'amenait le navire y furent débarqués. Des bateaux de faible tonnage faisaient la navette entre Jahira et la côte indienne distante de deux milles. Jean fut débarqué au comptoir portugais de Alibagh. Il présenta ses lettres d'introduction à l'officier portugais des douanes qui inspectait tous les navires en arrivage ou en partance. Celui-ci parut intrigué par ce qu'elles contenaient. Il finit par dire qu'il exécuterait les instructions indiquées dans ces documents. Jean, qui n'était pas sorti de son apathie pendant tout le voyage, ne demanda même pas à connaître ces instructions. Il monta à cheval et, escorté de plusieurs soldats portugais, prit la route de Bombay, petite place récemment acquise par les Portugais. En chemin, il commença à s'intéresser à ce qui l'entourait. Des palmiers se balançaient lentement le long de plages dont on ne voyait pas la fin. De grosses vagues de l'océan Indien roulaient et venaient mourir sur le sable immaculé. De grands buissons fleuris bordaient des champs d'un vert éclatant. Jean fut touché par la beauté de la nature. Il traversa une région de marais, puis suivit des langues de sable qui s'avançaient dans la mer jusqu'à la pointe de Bombay.

Là, son escorte ne le mena pas chez le gouverneur portugais comme il s'y attendait, mais à la mission jésuite. Des bâtiments bas et plutôt primitifs entouraient une minuscule église. Le père jésuite José Marilva qui dirigeait la mission l'accueillit et le mena dans son bureau. C'était une pièce minuscule blanchie à la chaux, avec une croix de bois pour seul ornement, mais dont les rayonnages croulaient sous les livres et les manuscrits. Le père prit son temps pour lire la lettre de Rodrigo Aveiro, à propos de Jean.

Pendant ce temps, Jean put le détailler. Grand, maigre, le corps osseux, les yeux bleus, le nez droit, la mâchoire un peu lourde, des dents un peu longues, il aurait pu néanmoins être très beau, n'était un détail que Jean remarqua tout de suite : les cheveux huileux et la soutane luisante, il avait l'air sale.

Le père Marilva termina sa lecture, replia soigneusement la lettre et s'adressa à Jean : « J'avais déjà entendu parler de vous. On raconte pas mal de choses sur votre compte, toutes très flatteuses. On dit aussi que vous auriez une illustre origine, peut-être même princière ou royale. » Pour toute réponse, Jean ne fit que hausser les épaules, avec indifférence, avec accablement. Le père Marilva le remarqua aussitôt : « Vous semblez à bout. Si vous le désirez, je puis vous entendre en confession, sinon je puis tout simplement vous écouter, je suis là pour cela. »

Ces simples mots déclenchèrent chez Jean un fleuve de paroles. Bien que le jésuite ne lui inspirât pas entièrement confiance, il en avait tellement gros sur le cœur qu'il avait un besoin désespéré de se confier. Il évoqua le chemin tortueux et aventureux qui l'avait mené en Éthiopie. Il décrivit sa rencontre avec Tanis, l'embrasement de leur passion partagée, les années intenses d'action et, croyait-il, de bonheur, qu'il avait vécues avec elle, puis l'assassinat de la bien-aimée.

« Il ne me reste rien, répéta-t-il en conclusion de cette confession.

— En effet, répondit le jésuite, je sens bien que votre âme ne tient plus que par un fil à la vie. Vous reste-t-il au moins un peu de votre foi chrétienne ?… – Jean eut un geste évasif –… Car si la flamme de la foi ne s'est pas entièrement éteinte en vous, poursuivit le jésuite, le service de Dieu vous attend. »

Soudain Jean parut s'intéresser : « Vous voulez me faire entrer dans les ordres ? Après tout pourquoi pas ? Peut-être y trouverai-je la paix de l'âme qui m'a déserté. » Le jésuite eut un petit rire sec. « Je ne pense pas que vous soyez fait pour la prêtrise… ni pour le célibat. Vous pouvez servir Dieu d'une façon qui convient mieux à votre nature. Je vous invite à contribuer à l'évangélisation de cette partie du monde, tâche qu'ont entreprise nos militaires et nos frères jésuites. » Jean ne manifesta aucun enthousiasme mais acquiesça. « Reste la question de votre nom. Rodrigo Aveiro m'a écrit que vous êtes un prince de Bourbon, fils du Connétable.

— Je ne suis pas certain de mon identité.

— De toute façon, un trop grand nom troublerait mes compatriotes. Pour servir dans nos forces, choisissez-en un qui vous convienne.

— Je serai le capitaine Soragno », répondit Jean sans hésiter.

L'ouest de l'Inde appartenait alors au sultan du Gujerat et autres roitelets moins importants. Ceux-ci passaient leur temps à se faire la guerre. Tantôt ils appelaient les Portugais à leur secours, tantôt ils attaquaient leurs comptoirs. Pendant plus de deux ans, Jean prit part à ces conflits locaux. L'action lui rendit le goût de la vie, comme l'Inde le retint au bord du désespoir. Ce pays offrait en effet tant d'images, tant d'odeurs, tant de couleurs, tant de mouvements, tant de grouillements incessants que ce kaléidoscope extraordinaire l'empêcha de se livrer à l'introspection ou de sombrer dans la tristesse.

Pourtant, il n'était pas satisfait et il s'en ouvrit au père Marilva lorsqu'une permission le ramena à Bombay. Avec ses dents jaunes et ses cheveux graisseux, le jésuite paraissait toujours aussi sale, mais son esprit restait vif. «Vous m'avez trompé, mon père, attaqua Jean. Vous m'avez parlé d'évangéliser les païens, hindouistes ou musulmans. Or les campagnes auxquelles j'ai participé n'avaient pour seul but que d'étendre l'empire colonial du Portugal, et vos frères jésuites, à ma connaissance, s'occupaient moins de baptiser que de commercer.» Le père Marilva eut un sourire ironique, et ne protesta pas. «Je vois que ce que j'avais choisi pour vous ne vous convient pas. Laissez-moi réfléchir, je vous trouverai autre chose.»

Une semaine plus tard, Jean était nommé gouverneur de Goa. Décidément, les jésuites avaient le bras long dans les colonies portugaises. Arrivé dans son nouveau poste, Jean s'attela aussitôt à la tâche. Quelques décennies plus tôt, les Portugais avaient annexé Goa, mais, pressés de s'étendre surtout vers le nord, ils ne s'étaient pas occupés de consolider cette possession. Tout y restait à faire. Jean se transforma en bâtisseur, édifiant une vaste église et des écoles, ouvrant des routes et créant un fort, comme le réclamaient les autorités portugaises. Il se fit administrateur, organisant la justice, l'éducation, l'ordre public. Il se fit économiste, modernisant l'agriculture et le commerce. Il devint populaire auprès des Portugais qui vantèrent ses qualités. Aussi, les colons en provenance du Portugal affluèrent. Il parvint à se faire aimer aussi des indigènes, appréciant comme ils l'avaient fait en Éthiopie sa tolérance, sa fermeté mais aussi sa justice, son honnêteté, son ouverture d'esprit. Jean réussissait donc, mais il restait inexorablement seul. La camaraderie avec les officiers portugais ne suffisait pas, quant au père Marilva, Jean gardait envers lui un léger fond de méfiance qui l'empêchait d'en faire un ami. Le soir, quand il en avait le loisir, il sortait de la ville et allait se promener sur la plage interminable. L'eau brodée d'écume venait lui lécher les pieds. Il regardait l'océan Indien à l'horizon duquel le soleil se couchait. Il réfléchissait, il s'analysait. Il s'avoua qu'il s'ennuyait.

Il alla trouver le père Marilva à Bombay. « J'ai pris ma décision. Je veux partir dans mon pays la France. » Le jésuite ne se démonta pas : « Vous réussirez pourtant brillamment ici. Mes compatriotes et même les Indiens ne tarissent pas d'éloges sur vous. Par vos qualités, par l'exemple que vous donnez, vous attirez les païens vers le christianisme aussi bien sinon mieux que nos missionnaires. Vous êtes devenu le phare de notre présence en Inde.

— En Éthiopie, j'ai tout perdu avec la mort de Tanis. Ici, je n'ai rien gagné. Je veux aller en France reprendre l'héritage qui m'a été volé.

— Êtes-vous seulement le fils du Connétable de Bourbon ? Vous-même en doutiez. »

Une lueur dangereuse s'alluma dans les yeux de Jean : « Vos doutes, mon père, enlèvent les miens. » Cette insolence, au lieu d'enrager le père Mariva, l'adoucit, et il poursuivit d'un ton doucereux : « L'Inde portugaise ne vous convient pas, j'en prends acte. Cependant, je voudrais que vous acceptiez une dernière mission.

— Où comptez-vous m'envoyer ?

— Au lieu de partir pour l'Ouest, vous partirez d'abord pour l'Est, pour l'Hindoustan, le cœur de l'Inde… »

Environ un siècle plus tôt, un chef afghan, Babur, à la tête de ses invincibles armées, avait dévalé ces montagnes, il avait envahi les plaines de l'Inde, renversé les sultans, les rois, les maharadjahs, les nababs qui occupaient le pays et s'était taillé un empire qui couvrait le nord et le centre de l'Inde. Il affirmait, peut-être avec raison, descendre de Tamerlan, ce qui lui conférait une sorte de légitimité. Aussi, en souvenir de cet ancêtre fabuleux, prit-il le titre de Grand Moghol.

« Aujourd'hui, poursuivit le père Marilva, c'est son petit-fils Akbar qui règne, un personnage des plus intéressants, qui vient de réussir un coup de maître. Il avait depuis des années un Premier ministre, Bairan Khan qui, jugea-t-il, prenait trop de libertés et ne l'écoutait pas assez. Il a demandé à son général en chef et frère de lait Adham Khan d'organiser un coup d'État contre le Premier ministre. Ce fut fait et le Premier ministre fut dûment remercié et expédié dans un pèlerinage à La Mecque au cours duquel il fut assassiné. Tout naturellement, le Grand Moghol Akbar donna la place de Premier ministre à Adham Khan, mais celui-ci, à son tour, agit d'une façon trop libre, il manqua de respect à

Akbar, il ordonna des massacres, des pillages qui indignèrent ce dernier. Pis encore, furieux de la nomination d'un ministre, il se rendit dans le bureau du nouveau nommé et l'assassina. Akbar explosa de rage. Adham Khan, l'arme à la main, poursuivit son maître jusque dans son harem en vue de le tuer, s'ensuivit un corps à corps au cours duquel Akbar réussit à jeter par la fenêtre Adham Khan. Celui-ci tomba dans la cour mais n'était pas mort. Akbar ordonna de le ramasser, de le ramener dans le harem et il le jeta une seconde fois par la même fenêtre, cette fois-ci sans que le ministre survive. Un homme à poigne, pourrait-on dire du Grand Moghol : un détail, il vient à peine d'atteindre ses dix-huit ans…

« En fait, Bairan Khan, le Premier ministre renvoyé, était son régent. Désormais tout le monde a compris que Akbar régnerait seul. C'est aussi un homme ouvert, curieux de tout. Notre modeste mission à Agra, sa capitale, nous a fait savoir qu'il réclamait des prêtres chrétiens pour l'instruire dans notre religion. Vous allez offrir vos services à Akbar. Il les acceptera, car il a besoin d'hommes expérimentés comme vous. Vous servirez Dieu en attisant sa curiosité pour notre religion, en l'encourageant à accueillir nos religieux.

— Et par quel miracle, mon père, réussirai-je à être introduit auprès du Grand Moghol ?

— Vous m'accompagnerez, les pères ont fait faire à son intention une bible en quatre langues et en six volumes richement illustrée de miniatures. Je suis chargé de la lui porter. Mais je ne souhaite pas que vous apparaissiez comme un membre de notre mission : il faut que vous sembliez indépendant pour mieux réussir. Je me contenterai de vous mener jusqu'au pied du trône du Grand Moghol. Ensuite, à vous de vous débrouiller. C'est la dernière proposition que je vous fais. Si vous échouez, si vous n'êtes pas satisfait, si vous n'êtes pas convaincu, cela signifiera que la providence ne souhaite pas votre présence en Orient. Alors, non seulement je vous laisserai partir en France mais je demanderai à nos frères jésuites français de vous aider dans votre démarche.

— À cette seule condition, j'accepte », répliqua Jean.

L'expédition se mit en route, le père Marilva avec sa dizaine de jésuites, sous la protection de Jean et de ses vingt soldats portugais. Ils s'enfoncèrent à l'intérieur du continent indien. Ils passèrent par Solapur, Ahmadnagar, Burhanpur, contournèrent la ville sainte de Omkaneshvar et atteignirent Bhopal. Les étapes n'étaient pas fatigantes, les routes étaient plutôt sûres et la compagnie fort agréable. Jean, d'une certaine manière, découvrait le père Marilva, ou plutôt sa formidable érudition. Il avait apparemment tout lu et non seulement la théologie, mais aussi l'histoire, la géographie, la littérature sacrée tout autant que profane. Ses connaissances, il les partageait avec intelligence, avec sensibilité. Il savait passionner Jean, suspendu à ses lèvres, et peu à peu ce dernier voyait s'atténuer l'inexplicable méfiance qu'il conservait à l'égard du jésuite. Si, dans leur comportement, ils restaient fort réservés tous les deux, intellectuellement ils se sentaient de plus en plus proches.

Au nord de Bhopal, ils s'engagèrent dans une région désertique et sauvage qui plus tard s'appellerait le

Bunkelhand. Une épaisse savane poussait sur une terre sablonneuse et roussâtre creusée de profonds ravins indiscernables de loin. Les voyageurs qui savaient à quoi s'en tenir savaient que la région abritait deux dangers quasi mortels, les tigres et les dacoits – ces derniers étant des bandits soi-disant d'honneur, qui tuaient en réalité tous ceux qui leur tombaient sous la main. Aucun souverain local, ni même le Grand Moghol, n'était parvenu à les neutraliser. Servis par la végétation épaisse et épineuse, connaissant à fond le relief, ils apparaissaient sans qu'on pût les détecter et s'enfuyaient sans qu'on pût les rattraper.

Un soir, la mission campa dans un fort abandonné nommé Shergar. Des murailles croulantes enserraient un misérable village. Contrairement à l'habitude, les villageois se montrèrent quasi hostiles à l'égard des voyageurs. Ceux-ci, grâce à leurs interprètes, apprirent qu'une bande de dacoits terrifiait les environs, et les villageois craignaient que la présence des voyageurs supposés riches n'attirât les bandits et donc le malheur sur eux. Au lieu de lever le camp, Jean, d'accord avec le père Marilva, décida qu'il défendrait le village.

L'heure du coucher ayant sonné et les villageois depuis longtemps couchés, les hommes de la mission se retirèrent sous leurs tentes, ou plutôt feignirent de se retirer, afin que les dacoits les croient bientôt endormis. En fait, Jean avait posté tous les hommes valides, villageois, soldats et même jésuites, derrière des abris soigneusement choisis. Tous armés jusqu'aux dents avaient mission de rester sur le qui-vive. Malgré ces précautions, aucun ne vit les dacoits s'approcher. Soudain, sans crier gare, ils emplirent le village et le campement en hurlant, les armes à la main. Ils furent aussitôt pris entre le tir des Portugais et les villageois qui se ruaient sur eux avec leurs faux, leurs piques, leurs poignards. Très vite les assaillis massacrèrent les assaillants. Très peu survécurent qui purent disparaître sous le couvert des buissons, mais la plupart des blessés laissaient derrière eux des traces de sang que suivirent les villageois pour les achever. La victoire était complète.

Le lendemain, le chef du village vint remercier les Portugais. Il était chargé des maigres cadeaux qu'avait fournis sa communauté. « Grâce à vous, dit-il aux Portugais, nous serons à l'abri pour beaucoup de temps, car les dacoits n'oseront plus nous attaquer. » Puis, se tournant vers Jean, il ajouta : « Shergar ne vous oubliera pas. »

La mission reprit son chemin vers le nord. Après Gwalior, la route devint beaucoup plus large et beaucoup plus fréquentée. Les éléphants, les chameaux, les charrettes se multipliaient, ainsi que les voyageurs à pied. Tous se dirigeaient vers Agra. Bientôt Jean distingua au loin les murailles de granit rose de la capitale du Grand Moghol. Cinq ans s'étaient écoulés depuis son débarquement à Goa.

Hindoustan – 1560

Jean découvrit qu'Agra était une ville en pleine construction. Akbar, le Grand Moghol, avait décidé que la vieille capitale de l'Inde, Delhi, était trop exposée aux invasions. Il choisit le site d'une ville très ancienne qui périclitait pour bâtir sa nouvelle capitale au bord de la Jumma, le fleuve sacré. La ville entière n'était qu'un chantier où affluaient des foules innombrables d'ouvriers venus chercher du travail, d'aventuriers, de marchands, de soldats de fortune. Du matin au soir, on entendait le roulement des chars transportant de lourdes pierres, on était assourdi par les marteaux des charpentiers, dans les rues bondées régnait un tohu-bohu incessant. On pouvait à peine circuler dans les ruelles des bazars dont les boutiques s'ouvraient à peine achevées. Jean et ses compagnons de voyage traversèrent toute la ville avant d'en ressortir, car la mission portugaise était logée hors les murs, le clergé musulman ayant interdit aux représentants d'une autre religion de s'installer en ville. Le bâtiment de la mission était modeste mais propre et aéré, entouré des baraques insalubres d'un immense faubourg qui s'étendait chaque jour.

Arriva le jour où le Grand Moghol accordait une audience publique et hebdomadaire. Jean se vêtit soigneusement de vêtements européens que les Portugais vendaient à Goa, pourpoint, chausses, bottes montantes, chapeau à plumes. Il remarqua avec amusement que, pour une fois, le père Marilva avait fait sa toilette et paraissait propre. Avec leur suite, ils se dirigèrent vers le fort d'Agra. Là aussi, tout était en construction : Akbar faisait édifier de nouveaux remparts au-dessus de ceux de la forteresse médiévale. À l'intérieur, on bâtissait des casernes, des mosquées, des demeures pour les nobles de la Cour. Un bazar tenu par des femmes s'était déjà ouvert, exclusivement réservé aux dames du harem. Après avoir traversé plusieurs cours, ils arrivèrent sur une vaste aire tapissée de sable au milieu de laquelle couraient des allées pavées de marbre blanc. Une foule déjà serrée s'y trouvait. Le père Marilva, sans hésiter, la fendit pour mener son monde au premier rang.

Devant eux se dressait le Diwan I Am, la salle des audiences publiques. C'était, surélevé d'1,50 mètre sur une base de marbre, un très grand pavillon ouvert. Des colonnes de marbre elles aussi soutenaient un vaste plafond à coupoles. Les colonnes étaient incrustées de pierres semi-précieuses, améthystes, cornalines, jaspes, lapis-lazuli, topazes qui dessinaient des branchages, des fleurs, des oiseaux. Les coupoles étaient tapissées de feuilles d'or. Sur la façade du pavillon se dressait le trône impérial, une sorte de lit de repos placé sur quatre pieds et précédé d'un escabeau, le tout en or incrusté d'énormes pierreries. Au-dessus, une sorte de dais ciselé en métaux précieux scintillait de diamants. En son centre, au bout d'une chaîne d'or pendait la plus grosse émeraude au monde.

Soudain résonnèrent les trompettes, frappèrent les tambours et tout le monde se figea. Le Grand Moghol arriva et prit rapidement place sur le trône, pendant que les membres de sa Cour et de son entourage se plaçaient protocolairement. Au pied du trône s'assit sur un esca-beau précieux le secrétaire du souverain entouré de plusieurs scribes chargés de rédiger les décisions qu'il prendrait. Aussitôt débuta le défilé des animaux favoris du Grand Moghol, ses éléphants avec leurs howdahs[1] en or et en argent. Suivaient les chevaux caparaçonnés de pierreries que montait le souverain. Vinrent ensuite les chiens, les faucons pour la chasse.

Le défilé terminé commencèrent les audiences. Le secrétaire du Grand Moghol consultait une liste puis donnait un ordre aux officiers groupés en bas de la balustrade de marbre. Chacun allait chercher la person-nalité admise à l'audience impériale. Les premiers furent les souverains locaux, nababs ou rajas, puis des généraux, des ministres. Chacun parvenu au bas du trône décrivait plus ou moins longuement l'objet de sa

---

1. Selles d'éléphant qui en réalité sont faites pour asseoir plu-sieurs personnes.

requête. Akbar écoutait soigneusement et dictait une décision à son secrétaire.

Vint le tour du père Marilva. Il se dirigea d'un pas ferme, suivi de ses jésuites portant les six tomes de la Bible destinée au souverain. D'une voix forte, il s'adressa en persan, la langue de la Cour qu'il possédait parfaitement. Le Grand Moghol parut prendre plaisir à recevoir les volumes qu'on lui offrait. Les nobles qui l'entouraient les prirent des mains des jésuites, puis les bons pères revinrent à leur place.

Jean se demandait comment il pourrait approcher le souverain. Il avait compris qu'il fallait pour cela être inscrit sur la liste du secrétaire. Or, il ne connaissait personne à Agra, et le père Marilva lui avait bien fait comprendre qu'en apparence ils ne devaient pas se connaître. Jean, à sa stupéfaction, vit le secrétaire d'Akbar lancer un ordre et un officier se détacher pour venir le chercher. Il le suivit jusqu'au bas du trône. Aussitôt se matérialisa à côté de lui un homme très jeune, grand et beau, visiblement non asiatique. C'était l'interprète de la Cour dont il devait apprendre plus tard qu'il était arménien. « Comment t'appelles-tu ? commença le Grand Moghol.

— Jean de Bourbon, prince du sang de France. » Jean avait crié très fort cette réponse que personne ne comprit, sauf le père Marilva. Après que l'interprète eut traduit, le Grand Moghol sourit.

« Alors, tu dois être un homme riche et puissant.

— Au contraire, Sire, je suis un fuyard, un proscrit, un condamné.

— Qu'es-tu venu me demander ?

— D'entrer à votre service. »

Jean ne distinguait pas bien le Grand Moghol car les pierreries de ses vêtements, de son turban, de son trône, de ses courtisans scintillaient avec un tel éclat aux rayons du soleil qu'elles éclipsaient les êtres humains. Celui-ci murmura quelques mots à l'oreille du secrétaire qui lança un ordre à l'interprète. « Vous êtes, dit-il à Jean, invité à l'audience privée qui suivra. » Jean reprit sa place et les audiences continuèrent des heures durant sans qu'Akbar semblât las ou marquât une moindre inattention. Puis, le flot des solliciteurs s'étant tari, Akbar se leva du trône et disparut aussi rapidement qu'il était apparu. Des officiers de service emmenèrent les privilégiés qui avaient été invités à l'audience privée.

Celle-ci se déroulait dans le Diwan I Khas. C'étaient deux très vastes salles séparées par des colonnes. La décoration en était encore plus riche que dans la salle des audiences publiques, plus de pierres semi-précieuses au mur, plus d'or aux coupoles. De merveilleux tapis à ramage copiés sur ceux d'Ispahan recouvraient le sol de marbre. Les plus hauts personnages de l'empire s'y pressaient déjà. Le Grand Moghol circulait entre eux et bavardait librement. Jean eut tout le loisir de l'observer : il était de taille moyenne et ses traits n'avaient rien de remarquable. Sa barbe clairsemée n'arrivait pas à le vieillir et il avait l'air d'un tout jeune homme. Ses yeux étaient plutôt petits mais son regard scintillait d'un éclat quasi insoutenable. Un rubis gigantesque retenait l'aigrette de son turban ; autour de son cou, plusieurs rangs de grosses émeraudes se mêlaient à des perles énormes ; des bracelets en diamants ornaient ses bras. Cependant, pour Jean, cet étalage de somptuosités disparaissait devant le regard d'Akbar. Celui-ci s'approcha du père Marilva et de ses jésuites. Aussitôt les six volumes de la Bible apparurent. Akbar les feuilleta, s'arrêta longuement devant des miniatures, demandant au jésuite des explications que celui-ci fournissait. À la fin, Akbar se pencha et baisa chacun des six volumes. Les membres de la Cour en parurent éberlués, et Marilva fut aux anges.

Puis Akbar s'approcha de Jean. L'interprète arménien se matérialisa de nouveau à ses côtés. Les courtisans firent cercle autour d'eux. Akbar demanda à Jean de lui raconter son histoire. Celui-ci protesta : « Sire, elle est bien longue, et je craindrais d'ennuyer Votre Majesté. » Akbar lui demanda au contraire de n'omettre aucun détail. Effectivement, lorsque, à plusieurs reprises, Jean voulut abréger, le Grand Moghol l'interrompait pour lui poser de nombreuses questions. Il écouta Jean avec intensité, dardant sur lui ses yeux perçants. Jean termina par la possibilité qui ferait de lui le fils légitime du Connétable de Bourbon, le plus grand traître de l'histoire de France, dont il esquissa l'histoire. Lorsqu'il eut terminé, Akbar laissa un silence, puis lui dit : « Tu as demandé à entrer à mon service, j'accepte. Où désires-tu me servir ?

— Donnez-moi des canons, Sire, ce sont les seuls amis que j'ai eus de toute ma vie. »

Le Grand Moghol sourit : « Tu seras le grand maître

de mon artillerie. » Jean ne put cacher sa stupéfaction. « N'est-ce pas trop, Sire ? Vous ne me connaissez pas ?

— Je m'y connais en hommes. Tu es certainement un prince et aussi un honnête homme. »

Le soir, il retrouva le père Marilva à la mission des jésuites. Celui-ci paraissait irrité et lui demanda aussitôt : « Pourquoi vous êtes-vous présenté sous le nom de Bourbon ?

— Parce que c'est le mien.

— Vous n'en êtes pas certain ! »

Jean sourit : « Depuis que je suis en âge de penser, je me demande qui je suis. Plus tard, le père Soragno m'a mis sur la voie, me laissant entendre que j'étais le fils du Connétable de Bourbon. Il y croyait, mais il n'en avait aucune preuve. Alors, pendant des années, le dilemme m'a rongé. Étais-je personne, et en ce cas j'étais libre et je ne devais rien à quiconque ? Ou alors étais-je le fils du Connétable, et en ce cas, n'avais-je pas le devoir de me montrer digne du valeureux guerrier afin de défendre sa mémoire ? Je vacillais d'une possibilité à l'autre, jusqu'à ce que, très lentement, s'ancre ma conviction. Ce furent les sentiments de ceux qui ont compté dans ma vie qui m'y ont orienté, l'affection maternelle de Dona Carmela, la sollicitude du père Soragno, la fidélité du sergent d'Aurigni, la passion de Latifa, l'intérêt de Daoud Pacha, l'amour de Tanis, l'amitié de Rodrigo Aveyro, mais aussi le dévouement de mes soldats, égyptiens, éthiopiens, portugais. La confiance que tous m'ont accordée m'a donné confiance en moi. Confiance en mon destin, confiance dans mon identité. Ils m'ont convaincu que j'étais le noble rejeton d'une très grande

famille. Ayant appris à connaître le Connétable par ouï-
dire, je compris qu'il n'aurait pas fait tout ce qu'il a fait
pour moi si je n'avais pas été son fils légitime. En
prenant de l'âge, et après les expériences que j'ai
vécues, je me suis senti plus expérimenté, plus solide,
plus réfléchi. Le besoin de percer le secret de ma naissance s'est affaibli. Et, paradoxalement, ma certitude
s'est renforcée. Enfin, et surtout, il y a mon instinct. Je
sais, à n'en pas douter, que je suis le fils du Connétable.
Cependant, je n'avais pas encore décidé d'assumer mon
identité. Et voilà que j'ai été présenté à Akbar. Le regard
perçant de ce jeune homme s'est posé sur moi. J'ai su
qu'il était inutile d'essayer de le tromper, mais surtout
j'ai eu envie de lui dire, à lui le premier, la vérité. »

Suivit un long silence pendant lequel les deux
hommes restèrent perdus dans leurs pensées. Soudain,
Jean demanda au prêtre : « Au fait, par quel miracle le
secrétaire du Grand Moghol connaissait-il mon existence ? » Le père Marilva sourit sarcastiquement : « J'ai
plusieurs contacts dans l'entourage du souverain. Son
interprète, Krikor, l'Arménien, est très proche de moi.
Celui-ci a l'oreille du secrétaire du Grand Moghol. Il
m'a été facile de faire glisser votre nom. »

Étendu sur sa couche, incapable de dormir, Jean
repensait à la journée. Alors que la vie lui avait appris
à être prudent, à prendre son temps pour examiner
chaque aspect, à mûrir sa décision, il s'était en un instant enthousiasmé pour Akbar, et il s'en étonnait lui-
même. Akbar avait immédiatement réussi à l'émouvoir.
La quarantaine atteinte, alors qu'il ne voyait pas où la

vie le menait, soudain les portes d'un avenir s'ouvraient devant lui, avenir que figurait ce très jeune homme au destin exceptionnel, capable de susciter d'irrésistibles élans, et qui avait tant besoin de l'aide d'hommes expérimentés et loyaux. En une seconde, Jean avait décidé de consacrer sa vie à Akbar, pour lequel il se sentait pris d'une étrange affection. Il s'endormit, pour la première fois depuis des mois sinon des années, paisiblement. Désormais, il avait une cause, qui avait pour nom Akbar.

Le lendemain, Jean s'installait au fort d'Agra, dans un des palais réservés aux nobles de la Cour, qui était à peine achevé. Il trouva, à quelque distance de la ville, de vieux hangars qu'il transforma en arsenaux. Il commença par réparer les vieux canons, puis monta une fonderie pour en créer de nouveaux. Il travailla d'arrache-pied pour doter le Grand Moghol d'une artillerie digne de sa puissance. Il disposait de deux interlocuteurs à la Cour. D'abord, l'interprète arménien Krikor Izpenian. Ce grand et beau garçon aux cheveux noirs, aux grands yeux sombres, était devenu son ami. Après tout, n'étaient-ils pas les deux seuls chrétiens à la Cour du Grand Moghol ? Krikor suivait avec intérêt les travaux de Jean et l'interrogeait longuement à leur sujet. Krikor était l'ami du secrétaire du Grand Moghol, qui devint celui de Jean. Quant à Zair Khan, il était très grand pour un Asiatique, les pommettes très hautes, les yeux étirés dont les pupilles ne cessaient d'être en mouvement, un peu comme les yeux d'un caméléon. Nonchalant, insolent, il était totalement dévoué à Akbar qui s'appuyait beaucoup sur lui. Jean savait que les vizirs,

les ministres changeaient mais que les secrétaires restaient. Aussi utilisait-il les services de Zair Khan pour
obtenir d'Akbar de l'argent pour les ouvriers et du
bronze pour les canons. Il pouvait d'ailleurs le demander directement à Akbar puisque celui-ci visitait souvent son arsenal. Non seulement le Grand Moghol
suivait de très près la création de son artillerie, mais les
critiques qu'il lui arrivait d'émettre sur la forme d'un
canon ou sur la portée d'un autre se révélaient toujours
pertinentes.

Lors de ses visites, le Grand Moghol apparaissait
vêtu fort simplement. Autant, lors des cérémonies de
Cour, il se couvrait de joyaux, autant il appréciait le
dépouillement le reste du temps. Sur des pantalons
de coton blanc, il revêtait cette chemise si particulière
de l'époque, formée de plusieurs épaisseurs de mousseline blanche. Son turban s'ornait d'une sarpech[1]
modeste. Jean était chaque fois étonné par la banalité
des traits de cet homme qu'il considérait déjà comme
un génie. Rien de remarquable, rien de majestueux,
cependant Akbar avait une autorité naturelle, en plus
d'être un homme multiple. Il était très jeune, ainsi que
son visage en témoignait, et pourtant, à la longue, Jean
remarqua qu'il n'avait pas l'expression juvénile. Il était
né vieux. On décelait sur son visage qu'Akbar avait été
chargé d'un poids écrasant depuis son enfance. Jean
découvrit que le souverain avait déjà appris de multiples métiers et manifestait des dons dans bien des
domaines : c'était un fusil remarquable, il savait domes-

---

1. Broche de turban.

tiquer les chevaux sauvages, ceux qu'il aimait le plus monter, il montrait du talent comme menuisier, comme armurier, comme forgeron. Il connaissait aussi la médecine, savait saigner et avait ainsi sauvé plus d'une vie. C'était surtout un travailleur acharné, qui avait compris la nécessité d'établir un État fort avant de commencer des guerres. Aussi s'occupait-il en priorité de l'administration où il promulguait réforme sur réforme et de l'armée qu'il était décidé à moderniser. Aussi s'entendait-il à merveille sur ce sujet avec Jean et appréciait-il ses travaux en connaisseur.

Pour manifester sa satisfaction, il l'invita le plus souvent possible à la Cour. Lorsque ses canons lui en laissaient le loisir, celui-ci se rendait au fort d'Agra pour assister au durbar, l'audience publique. Il participait aussi au conseil qui réunissait les ministres et les vakils[1]. Il accompagna Akbar à la chasse. Il joua dans son équipe de choka, le polo indien.

Le soir, il participait aux soirées intimes qu'Akbar donnait dans ses appartements privés. Jean n'avait plus besoin d'interprète. Il avait appris en quelques mois la langue officielle de la Cour, le persan. Akbar parlait volontiers à Jean de son jeune passé. Le Français avait appris les épreuves qu'il avait traversées mais il aimait écouter Akbar les décrire. Celui-ci répétait : « Comme toi, j'ai moi aussi eu une enfance tumultueuse, périlleuse. » Son père, le Grand Moghol Humayun, avait été détrôné par un usurpateur, SherShah. Il avait

---

1. Gouverneurs de province.

non seulement perdu son trône mais avait dû fuir l'Inde. Il en avait été réduit à mendier l'assistance d'un roi voisin, et en avait reçu à peine de quoi nourrir ses enfants. Akbar se rappelait trop bien cette époque où il avait connu la faim, l'anxiété, la peur.

Puis la situation s'était inversée, Humayun avait reconquis son trône à la pointe de l'épée. À peine avait-il retrouvé le pouvoir suprême qu'il était mort d'un stupide accident. Il était tombé de l'échelle de sa bibliothèque, se fracassant le cou. Akbar lui avait succédé à l'âge de douze ans. Il avait dû subir les humiliations de la part d'adultes qui profitaient de son jeune âge pour le rudoyer, il avait vu ses régents, ses ministres, mettre l'État en coupe réglée, faire ce que bon leur semblait sans jamais lui demander son avis, ni suivre ses conseils. Des années durant, le Grand Moghol en titre avait été traité en quantité négligeable et chaque jour il avait senti grandir son impatience de les culbuter.

Jean s'attachait de plus en plus à ce jeune homme que le monde entier enviait et dont l'existence avait été tout, sauf enviable. Jean l'admirait d'être sorti de ces épreuves sans rancune ni amertume.

Jean n'oubliait pas la mission dont l'avait chargé le père Marilva. Quand il en avait l'occasion et lorsqu'il sentait le moment propice, il glissait à l'oreille du Grand Moghol des informations sur les jésuites, qui promettaient le salut éternel même aux réprouvés et s'occupaient des plus démunis. Il réussit si bien qu'Akbar annonça sa visite à la mission portugaise. Il sortit en grande pompe du fort. Son éléphant caparaçonné de brocart portait le howdah d'or sur lequel il avait pris place avec Jean, pendant que derrière lui un serviteur l'abritait du soleil avec un immense parasol d'or aux franges de perles. Des dizaines d'éléphants transportant les membres de la Cour suivaient, entourés de gardes à pied, en uniformes rutilants, la lance à la main.

L'arrivée du cortège mit sens dessus dessous la misérable banlieue où était située la mission. Les habitants étaient massés pour acclamer le souverain qui répondait en souriant et en agitant gracieusement son chasse-mouches au manche d'or incrusté de rubis.

Le père Marilva, entouré de ses jésuites, attendait à la porte de la mission. Akbar visita tout, se fit tout expliquer, posant à son habitude cent questions. Dans la minuscule chapelle, il tomba en arrêt devant un fort beau tableau représentant la Vierge Marie peint en Italie que les jésuites avaient amené du Portugal. Il se fit raconter l'histoire de la Mère de Dieu. Devant ses courtisans qui s'écrasaient dans les pièces exiguës, il déclara au père Marilva qu'il souhaitait, dans son empire, beaucoup de chrétiens et beaucoup d'églises comme chez le sultan ottoman, car « les chrétiens sont travailleurs, honnêtes, ordonnés et discrets ». Le père Marilva, qui se voyait prêt à couronner sa carrière, ne se tenait pas de joie. Par la suite, il fut à plusieurs reprises invité au palais pour expliquer la foi chrétienne au Grand Moghol. Il s'y livra parfois avec un manque de tact qui agaça Jean, témoin de ces entrevues. Le jésuite commença par s'en prendre au péché

mignon du souverain. Il lui reprocha ses consomma-
tions abusives de bhang, une liqueur à base d'opium et
d'arak. Effectivement, le Grand Moghol parfois ne
dédaignait pas de s'enivrer. Aux reproches du jésuite,
il se contenta de sourire et de faire la sourde oreille.

Lorsque le jésuite lui parla du paradis, Akbar répondit que les musulmans aussi en avaient un où on trouvait
les meilleures nourritures, les plus exquises boissons, et
où on pouvait faire l'amour avec les plus belles femmes
du monde. Le père Marilva rétorqua que cette descrip-
tion était complètement fausse et que le paradis était
tout autre, lieu de pureté et de vertu.

Une autre fois, il attaqua directement Akbar en
déclarant que le prophète Mahomet était arrogant.
Jean admira Akbar de ne pas se fâcher. « Notre Christ,
poursuivit le jésuite, ne se vante jamais, ce sont ses
apôtres qui racontent ses miracles, tandis que dans
votre Coran, Mahomet lui-même étale les siens sans
qu'on puisse vérifier. » Les mullahs et les bons musulmans de la Cour qui écoutaient ses déclarations en
frémissaient, mais Akbar gardait son calme, et l'exigeait de tous les autres. Mieux encore, il manifesta sa
faveur envers les jésuites en leur faisant livrer des
nourritures européennes qu'un de ses cuisiniers était
chargé de préparer. Aussi les jésuites se gavèrent-ils
de poulets rôtis, de vol-au-vent et de tartes.

Le père Marilva se croyant désormais tout permis
devint trop zélé. À chaque entrevue où l'invitait Akbar,
il réclamait l'édification d'églises, d'écoles, de monas-

tères. Il demandait qu'un nombre toujours croissant de
jésuites fussent autorisés à s'installer en Inde. Le Grand
Moghol espaça ses invitations, et Jean s'irrita de voir le
jésuite perdre, par sa seule faute, le terrain qu'il avait
contribué à lui faire gagner. Il tenta de lui faire entendre
raison. Pour toute réponse, le père Marilva multiplia les
demandes d'audience, et harcela Jean pour qu'il inter-
vienne en sa faveur.

Akbar se vengea en taquinant le jésuite. Un jour, il le
convoqua et le mena dans la cour où avait été allumé un
énorme bûcher. À côté se tenait un religieux musulman.
« Ce mullah, dit le Grand Moghol, est prêt à se jeter
dans le feu pour notre foi, êtes-vous prêt, mon père, à
en faire autant pour la vôtre ? » Pour une fois, le père
Marilva parut décontenancé et Jean ne put retenir un
sourire. Le jésuite gronda : « Si je me jetais au feu, ce
serait me suicider, ce que notre religion interdit formel-
lement. »

Le Grand Moghol se levait tôt. Avant que sept heures
ne sonnent, quotidiennement, Jean et les plus proches
collaborateurs du souverain se retrouvaient dans l'anti-
chambre de ses appartements privés. Un matin, Jean
s'étonna d'y voir le père Marilva. Ce dernier, tout aussi
étonné, avait été convoqué par un messager de la Cour
sans en connaître la raison. Akbar parut, comme d'habitude fort simplement vêtu. Il emmena son monde à
travers les cours du palais jusqu'aux remparts qui dominaient le fleuve sacré, la Jumma. En bas, sur la large
berge qui s'étendait au pied des murailles une foule
était déjà réunie. Au milieu, se dressait un bûcher très

élevé sur lequel avait été étendu le cadavre d'un homme
somptueusement paré. C'était un noble de la Cour mort
la veille. Un cortège apparut qui fendit la foule. Des
brahmines qui répétaient inlassablement le mot *ram*
entouraient une très jeune fille en sari rouge et or, portant les plus magnifiques joyaux. Elle avançait comme
un automate et Jean pensa qu'elle avait été droguée.
Arrivée devant le bûcher, les brahmines l'aidèrent à
l'escalader. Puis elle s'étendit à côté du cadavre de son
époux. Elle pratiquait le sati, la coutume hindouiste
qui veut qu'une veuve se sacrifie à la mort de son mari.
Les brahmines allumèrent le bûcher. Un nuage de
fumée s'en éleva qui enveloppa le mort et la jeune fille.
Le père Marilva sortit de son mutisme pour protester
véhémentement :

« Si cette jeune femme a été forcée de se sacrifier,
c'est un crime. Si elle l'a fait volontairement, c'est un
suicide. Deux choses que condamne vigoureusement
notre religion !

— Le sati n'est pas bien vu de l'islam, ma religion,
réplique Akbar, mais vous m'avez demandé d'être tolérant envers votre religion et d'en autoriser les pratiques.
Je l'ai fait. Maintenant vous voudriez que je condamne
la même tolérance envers la religion la plus répandue
dans mon empire et que j'en interdise les pratiques.

— Il n'y a qu'une seule religion, celle de Jésus-Christ
le dieu vivant », grommela le jésuite, pendant qu'Akbar
souriait ironiquement.

Jean était à ce point horrifié qu'il ne pouvait détacher
ses yeux du bûcher. Il comprit qu'Akbar avait voulu
mettre à l'épreuve le jésuite mais aussi lui-même. Le

père Marilva avait raison de condamner le sati, Akbar avait raison de l'autoriser. Deux mondes, deux cultures s'affrontaient. Au lieu de se mettre à détester l'Inde, Jean comprit qu'il lui restait beaucoup à apprendre et à comprendre de ce pays fascinant et énigmatique.

Le soir même, il recevait un billet laconique du père Marilva, le priant de venir le trouver sur l'heure. Étonné, curieux, il se hâta de se rendre à la mission. Le jésuite l'attendait les yeux flamboyants, la bouche pincée, les cheveux plus sales que jamais collés au crâne. Il desserra à peine ses lèvres pour cracher : « Vous ne me soutenez plus auprès du souverain. Vous oubliez votre mission. Je me demande même si vous n'oubliez pas votre foi ! » Avant que Jean n'ait pu répondre, il l'accabla d'un torrent de reproches, puis il se fit insinuant, perfide, insultant, corrosif. « Probablement, l'appât du gain est-il irrésistible pour vous, vous devez en effet gagner gros auprès de ce païen couronné. La vie doit être agréable auprès de lui. Il paraît qu'il ne se refuse rien, et donc ne doit rien refuser à ses favoris. »

Jean voulait rester patient. Il savait que, s'il reprochait au jésuite son manque de tact et son insistance désastreuse, il ne ferait qu'empirer la situation. « Vous vous trompez, mon père, je suis, il est vrai, heureux de servir Akbar et, quoi que vous en pensiez, je tâche d'avancer autant que je peux notre cause.

— Je dois donc en conclure que vous avez perdu tout crédit auprès du Grand Moghol et que celui-ci est devenu un musulman fanatique comme ceux qui, dans les siècles passés, ont défiguré l'Histoire.

— Akbar reste ouvert et tolérant, mais il déteste être bousculé et il faut savoir prendre son temps avec lui. »

Le père Marilva rugit : « Choisissez qui vous servez, Dieu ou Akbar ? » Jean ne répondit pas, ce qui piqua encore davantage le père Marilva : « Vous n'êtes qu'un ingrat, vous oubliez tout ce que j'ai fait pour vous, vous oubliez que c'est moi qui vous ai introduit auprès du Grand Moghol…

— Pour mieux servir vos propres intérêts avant ceux de Dieu », ne put s'empêcher de répliquer Jean.

Le jésuite devint pourpre de rage : « Un renégat, voilà tout ce que vous êtes. Il ne vous reste plus qu'à devenir officiellement musulman pour mieux flatter votre maître.

— Dieu me jugera mieux que vous, mon père. » Et avant que Marilva ait pu répliquer, Jean se retira. Il savait qu'il s'était fait pour toujours un dangereux ennemi.

L'empire du Grand Moghol Akbar progressait et prospérait. Cependant, il y avait toujours les Rajputs, cette race guerrière qui occupait depuis de nombreux siècles le nord-ouest de l'Inde. Les Rajputs étaient renommés pour leur courage, leur combativité et pour leur héroïsme. Farouchement indépendants, rebelles à toute autorité, ils admettaient difficilement d'être intégrés à l'Empire moghol. La paix avec eux demeurait précaire, leurs rajahs se montrant toujours prêts à reprendre les armes contre les Moghols. Le chef du clan rajput était le maharadjah de Merwar, Udai Singh. Son grand-père avait été tué par le grand-père d'Akbar, Babour, dans une bataille, ce qui n'arrangeait pas les choses entre les deux hommes. À la demande d'Akbar, il avait cependant accepté d'envoyer à la Cour son fils aîné, le prince Sanga, comme otage. Bien qu'il y fût traité en invité privilégié, il n'en menait pas large. À la fois, il haïssait les Moghols et il en avait peur. Jean s'était pris de pitié pour le jeune homme, solitaire et renfermé, qui en fait était un prisonnier. En cette année 1565, la tension montait entre les Rajputs et les Moghols.

Un soir, Akbar ayant invité le prince Sanga, comme il le faisait souvent, à ses soirées privées, et alors qu'il avait bu plus que de raison, il demanda au jeune Rajput s'il serait fidèle au Grand Moghol ou à son père, en cas de conflit. Jean vit Sanga pâlir et baisser la tête, sans répondre. Akbar n'y fit même pas attention.

Le lendemain, alors qu'Akbar tenait son conseil privé en présence de Jean, l'officier chargé de la surveillance du prince Sanga vint annoncer que celui-ci avait disparu. Selon toute probabilité, il s'était enfui pendant la nuit. « Ce sera donc la guerre ! » tonna Akbar. Et aussitôt il explosa contre Udai Singh et ses Rajputs : « Depuis des mois ils se préparent en secret à m'attaquer, ils entassent de l'armement, ils réunissent des troupes, ils exhortent leurs hommes à se battre et à mourir plutôt que de continuer à subir mon joug. » Jamais Jean n'avait vu Akbar, toujours maître de soi, dans un tel état. « Ils veulent la guerre, ils l'auront, hurla celui-ci, mais ce ne sera pas une guerre comme les autres, ce sera jihad », c'est-à-dire la guerre sainte de l'islam contre l'hindouisme. Jean frémit à cette

annonce qui démentait la tolérance jusqu'alors obser-
vée par Akbar à l'égard de l'hindouisme. Mais à la
réflexion, Jean comprit que la colère d'Akbar n'était
qu'une mise en scène. La fuite du prince Sanga n'était
qu'un prétexte. En fait, le Grand Moghol avait décidé
d'en finir une fois pour toutes avec la résistance, larvée
ou pas, des Rajputs. Le jihad, la guerre sainte, n'avait
d'autre but que de galvaniser ses troupes. C'est au nom
d'Allah qu'on combattrait les Rajputs pour mieux les
assujettir. Après cinq ans passés auprès d'Akbar, Jean
avait appris à connaître ses ruses et ses ressorts.

Le grand maître de l'artillerie, quant à lui, se trouvait
fin prêt. Ses amis les canons étaient dans un état parfait
et n'attendaient que d'être utilisés.

Un beau matin, l'immense armée – elle comprenait
cent mille hommes – se mit en route. Pendant des
semaines, elle s'avança sans rencontrer l'ennemi. Elle
traversait tantôt des étendues hérissées de collines
abruptes, tantôt des plaines cultivées, tantôt d'épaisses
forêts dont les arbres portaient les feuilles les plus
grandes que n'ait jamais vues Jean, et où se terraient
de nombreux félins. Devant cette énorme concentra-
tion d'hommes qui défilaient sous leurs yeux, les paysans étaient d'abord terrorisés, mais puisqu'on leur
achetait leurs produits au lieu de les réquisitionner, ils
se rassuraient. Les rajahs, eux, dont on traversait les
États, s'enfuyaient, ou se soumettaient hâtivement.

Un jour, au milieu d'une plaine vallonnée, Jean vit
se dresser un impressionnant plateau long d'un mille et
demi et défendu par des falaises à pic hautes de

200 mètres. Des remparts apparemment très épais en longeaient tout le sommet. C'était Chittor, la capitale des Rajputs, l'objectif d'Akbar. À peine son armée arriva-t-elle au bas de la falaise que ses espions lui apprirent que Udai Singh, le maharadjah de Merwar, le chef des Rajputs, avait déserté Chittor. Son état-major l'avait convaincu que la place n'était pas imprenable et qu'il risquait de tomber prisonnier aux mains des Moghols. Il s'était donc retiré dans une autre forteresse, encore plus inaccessible et mieux défendue. Il ne laissait dans Chittor que cinq mille de ses hommes avec femmes et enfants.

Akbar était décidé cependant à emporter ce symbole de l'indépendance rajput. Il mit un mois à en établir le siège. Ses troupes commencèrent par dévaster la région, chassant les habitants afin d'éviter d'être pris par-derrière. Un vaste fossé fut creusé tout autour du plateau de Chittor pour abriter les troupes chargées l'assaut. Jean, après de minutieuses reconnaissances, établit trois batteries d'où il bombarderait les remparts.

Au jour dit, et sur ordre d'Akbar, ils entrèrent en action. Les canons pointés par les hommes de Jean entamèrent sérieusement les remparts. Les trompettes sonnèrent l'assaut. Les fantassins se précipitèrent, mais malgré l'énorme disproportion entre les deux armées, ils furent repoussés. En effet, Chittor ne pouvait être atteint que par une étroite rampe qui montait jusqu'à son formidable portail. Les troupes subissant d'énormes pertes, Akbar dut faire sonner la retraite.

Le lendemain, au conseil de guerre, l'atmosphère était morose. Il était quasiment impossible de donner l'assaut à Chittor. D'autre part, les canons, s'ils avaient creusé des brèches dans les remparts, ne les avaient pas détruits. Le siège pouvait durer des mois sinon des années. C'est alors que Jean proposa une autre tactique : les sapeurs creuseraient des mines sous le plateau de Chittor qui, lorsqu'elles éclateraient, feraient s'écrouler une partie de la falaise ainsi que les remparts qui s'y dressaient. Par ailleurs, il ferait fondre sur place un canon, un seul, mais beaucoup plus puissant que ceux que possédait l'armée impériale. Ce canon serait destiné à détruire le portail d'entrée de la forteresse et ses épaisses tours de défense, afin de permettre aux fantassins d'y pénétrer. Akbar approuva le plan.

Il fallut cinquante-huit jours à Jean pour faire creuser par les sapeurs des mines aux endroits qu'il avait choisis et pour faire fondre le plus grand canon que l'Inde n'eût jamais vu.

Le cinquante-neuvième jour, tout était prêt. Dès l'aube, l'armée impériale se tenait sur le pied de guerre. Les sapeurs n'attendaient qu'un signe de Jean pour allumer la mèche des mines. Celui-ci se tenait à côté du canon gigantesque. Akbar en personne était venu le rejoindre. Les assiégés devaient se douter que quelque chose d'insolite se préparait car, à la longue-vue, on les distinguait serrés sur les remparts. Le Grand Moghol donna à Jean la permission de commencer. Les sapeurs allumèrent leurs mèches qui coururent dans les tunnels creusés sous le plateau de Chittor. Une seconde encore, puis ce fut une déflagration tellement violente que même les soldats les plus aguerris sursautèrent.

Mais au lieu que des pans entiers de falaise et de remparts s'écroulent, ce furent d'énormes rochers entassés au bas de la falaise qui volèrent en éclats pour retomber sur la tranchée creusée pour le siège, et qui se trouvait pleine de fantassins. Un silence total suivit les explosions, puis s'élevèrent des nuages de fumée et de poussière. On entendit des cris de douleur. Les quartiers de rochers avaient tué trois cents soldats et blessé plusieurs autres centaines.

Jean était muet de stupéfaction et d'horreur. Les assiégés comprirent immédiatement ce qui venait de se passer et manifestèrent bruyamment leur joie du haut des remparts. La rage d'Akbar se tourna contre Jean : « Comment as-tu pu commettre une erreur pareille, maladroit, cent fois maudit », rugit-il. L'insulte piqua Jean comme un aiguillon : « Je ne commets jamais d'erreur ! » Généraux et officiers supérieurs n'osèrent piper mot. Alors, dans le silence s'éleva une voix suave : « Alors, il y a eu traîtrise. » C'était Krikor, l'interprète et ami de Jean, qui avait parlé. « Il ne peut qu'y avoir eu traîtrise… » murmura Jean sans mesurer les conséquences de son affirmation. Le Grand Moghol s'adressa à Jean d'une voix coupante : « Tu étais responsable de la pose des mines. Tu resteras aux arrêts dans ta tente jusqu'à ce que cette affaire soit éclaircie », puis il se retira avec les membres de son état-major. Pas un d'entre eux n'osa rester auprès de Jean le disgracié. Des gardes, sous la conduite d'un officier, le ramenèrent à sa tente.

Des heures durant, il se demanda ce qui avait pu se passer. Il avait pourtant étudié longuement la pose de ces mines, il avait calculé leur portée. Un accident comme celui qui venait de se produire était, selon ses estimations, inconcevable. Il y avait donc eu traîtrise, mais de la part de qui ? dans quel but ? À la pensée du souverain dont il venait de perdre la confiance, le désespoir le saisit. Il crut voir la mauvaise étoile sous laquelle il était né briller d'un éclat plus sinistre que jamais. Maudit il était, maudit il resterait. Soudain, il vit le pan de sa tente se soulever silencieusement. Apparut Zair Khan, le secrétaire d'Akbar. Un élan s'empara de lui. « Non, l'interrompit le visiteur, je ne viens pas de la part de notre maître. Je veux simplement te tenir compagnie puisque tu es mon ami. » Il apportait un volumineux flacon de vin. « Pour vous remonter. – Il renifla. – Le désespoir sent toujours mauvais ».

Puis, sans façon, il alluma le brûle-parfum, cala son grand corps sous une multitude de coussins, avala une grande rasade d'alcool. « Il se passe décidément des choses bizarres. J'ai fait mon enquête. Les mines n'ont pas été placées là où vous l'aviez ordonné.

— Mais qui donc a transgressé mes instructions ?

— Certains de vos officiers.

— Ils n'ont tout de même pas agi de leur propre initiative ?

— Cela, je n'ai pu le savoir, mais en tout cas, les mines ont été placées de façon à provoquer l'accident.

D'autre part, Krikor, l'interprète de la Cour, que vous croyiez votre ami, vous accuse devant le souverain de félonie, il affirme que vous vous êtes laissé gagner par les Rajputs et que vous mettez tout en œuvre pour faire échouer le siège. »

Puis avec cet humour sec et noir qui le caractérisait, il raconta mille anecdotes, répéta nombre de cancans de la Cour, risqua des plaisanteries osées qui firent rire Jean et le détendirent. En même temps, il réfléchissait aux révélations de Zair Khan. Tout en l'écoutant, il prit un papier et se mit à dessiner. Zair Khan, dont le débit se ralentissait, commença à bâiller. « Allons, il est temps d'aller nous coucher. Nous verrons ce que demain nous amène. » Jean lui tendit le dessin qu'il avait achevé. « Voici le plan exact des mines telles qu'elles devaient être disposées et qu'elles doivent être disposées dans les tunnels que j'ai fait creuser. Donnez-le au souverain. Qu'il ordonne de suivre mon plan, et si mes mines ne font pas leur travail ou provoquent un autre accident, alors que je sois exécuté incontinent. D'autre part, je demande la faveur de pointer moi-même le Grand Canon. Un officier se tiendra à côté de moi, et si je n'atteins pas mon objectif, de nouveau, que je sois décapité aussitôt. Demandez enfin au souverain de me permettre de participer à l'assaut. Un officier me suivra qui, si j'esquisse le moindre geste suspect, sera chargé de m'abattre. » Tout en continuant à bâiller, Zair Khan acquiesça et se retira.

Dès le réveil du Grand Moghol, il lui fit part des requêtes de Jean. Akbar accorda les deux premières mais refusa la troisième. Les mines furent placées suivant son dessin très précis. Le Grand Canon fut encore plus approché de la forteresse sous le couvert de la tranchée. Akbar laissa Jean donner le signal. Les mines sautèrent toutes à la fois, et la déflagration fut encore plus considérable que la veille. Assiégés et assiégeants restèrent sonnés pendant quelques secondes.

Cette fois-ci, les mines avaient accompli leur travail. Un pan considérable de la falaise s'écroula, entraînant un gros morceau des remparts et des défenseurs qui s'y trouvaient. Aussitôt le Grand Canon entra en action et, pointé par Jean, pulvérisa les tours et les bastions du portail de la forteresse. Si puissant était le tir que l'armée impériale pouvait voir les Rajputs sauter littéralement en l'air et retomber déchiquetés. Akbar donna alors l'ordre de l'assaut général. Jean fut contraint de rester sur place. Il vit les fantassins se précipiter sur la rampe d'accès et sous les tirs fournis des assiégeants pénétrer dans la forteresse. Akbar se trouvait dans les premiers rangs des assaillants. D'un coup de mousquet, il réussit à abattre le commandant rajput de la place. Le moral des assiégeants en fut fortement affecté mais non pas brisé : ils résistaient de toute leur vaillance. Le combat dura toute la journée, et ce ne fut qu'à la nuit tombante qu'Akbar donna l'ordre de la retraite. Il voulait éviter un combat inutile et meurtrier dans l'obscurité. De toute façon, les Rajputs n'auraient pas le temps de réparer leurs remparts pendant la nuit car beaucoup avaient été tués. Un second assaut le lendemain matin suffirait à emporter Chittor privé de défense sérieuse. Tous, en revenant au camp impérial, étaient à ce point épuisés que personne ne songea à rien d'autre qu'à prendre du repos.

Le lendemain seulement, Akbar se souvint, au réveil, qu'il n'avait pas tranché le cas de Jean. L'heure de l'assaut dépendait de lui, il savait que l'entreprise ne présenterait aucune difficulté et que, menée rondement, la victoire serait rapidement emportée. Il avait donc le temps. Il convoqua Jean et son accusateur, Krikor l'interprète, dans sa tente. En fait de tente, c'était une maison entière fabriquée d'étoffes. L'extérieur était en toile épaisse peinte en vives couleurs, l'intérieur était tendu de soie brodée, de velours de toutes les couleurs, des parois en matières aussi précieuses délimitaient plusieurs pièces, la chambre à coucher du souverain, la salle de conseil, la salle d'ablutions, le salon de réception. Les portières étaient en mousseline brodée de motifs délicats. Des tapis précieux couvraient le sol, des sofas bas tendus de brocart rose et argent couraient le long des parois. Les tables basses en bois précieux incrusté d'ivoire et d'écaille supportaient de grands chandeliers d'argent.

En présence de Jean, Krikor, qu'il avait cru son ami, répéta ses accusations. La Maître de l'Artillerie avait trahi et avait délibérément fait échouer la première attaque en provoquant un grave accident. Jean était à ce point dégoûté qu'il ne chercha pas à se défendre. Akbar, lui, tendait l'oreille, entraîné par l'épreuve à se méfier de tous. « Il est évident que les apparences sont contre toi, dit-il à Jean, mais, ajouta-t-il en se tournant vers l'interprète, pour quelle raison aurait-il trahi ?

— Pour de l'argent, bien sûr.

— Ça, je ne peux le croire – tel fut le cri du cœur d'Akbar – on peut peut-être tout reprocher au capitaine Frangi, sauf la malhonnêteté. »

Krikor répliqua : « Votre Majesté a été abusée comme tant d'autres. Moi-même dans mon humble position, je l'ai été.

— Quelle preuve as-tu eue pour t'éclairer ?

— En fait, Majesté, c'est le révérend père Marilva, le chef des jésuites, qui m'a ouvert les yeux. Il m'a mis en garde contre celui auquel vous avez accordé votre confiance, me peignant sa véritable nature et en me révélant beaucoup d'épisodes de son existence qui prouvent sa duplicité. Le révérend père a d'ailleurs doublement payé pour apprendre la vérité puisqu'il a été une des victimes des perfidies du Maître de l'Artillerie. »

Pendant que Krikor parlait, la vérité se dévoilait soudain à Jean : le jésuite était donc l'origine de son malheur. Il ne lui avait pas pardonné de ne pas exécuter ses ordres. Il avait donc monté toute l'opération qui avait abouti à l'accident fatal dans le seul but d'incriminer Jean. Comme il le lui avait naguère confié, ses accointances à la Cour étaient nombreuses, il avait aisément pu débaucher directement ou indirectement plusieurs des officiers de Jean, qui probablement lui servaient déjà d'espions. En dénonçant le Maître de l'Artillerie par l'intermédiaire de l'interprète, sa créature, il se donnait le beau rôle, puisqu'il n'hésitait pas à sacrifier un chrétien comme lui pour mieux protéger le Grand Moghol. Celui-ci était ébranlé mais pas entièrement. Les accusations du jésuite que lui transmettait Krikor le troublaient. D'un autre côté, il ne pouvait admettre s'être trompé à ce point sur Jean. Perplexe, irrité, il grommela : « Peut-être devrais-je vous faire torturer l'un et l'autre pour apprendre la vérité. »

À ce moment même, un vacarme terrifiant éclata dans tout le camp impérial. Des appels, des charges de mousquets, « Alerte ! » « Alerte ! » « Aux armes ! » criait-on de toutes parts. En quelques instants, le bruit se rapprocha dangereusement de la tente impériale. « Les Rajputs nous attaquent. » Des sabres fendirent la toile qui servait de paroi à la chambre d'Akbar. Jean avait déjà bondi. Il arracha le sabre d'un des gardes, se précipita dehors et commença à se battre contre une nuée d'assaillants qui se jetaient sur la tente du Grand Moghol. Il sut les retenir le temps pour les gardes de se reprendre et de venir à sa rescousse. Akbar le rejoignit sans avoir pris la peine d'endosser sa cuirasse. Il se battit aux côtés de Jean comme un simple soldat. Jean paya de sa personne pour le défendre et reçut plusieurs blessures sans gravité. Krikor avait disparu.

Bientôt, des fantassins, des officiers accoururent pour dégager leur souverain. Les Rajputs, plutôt que d'attendre l'assaut final, avaient choisi de faire une sortie désespérée. La lutte se poursuivit longtemps mais désormais elle était gagnée d'avance. Les Rajputs avaient beau être plusieurs milliers, ils se battaient à un contre vingt, contre trente. Après plusieurs heures du combat le plus acharné, les survivants – il y en avait encore des centaines – se trouvèrent encerclés par les milliers de soldats. Akbar leur offrit de se rendre avec honneur. Pour toute réponse, les cavaliers rajputs, sabre au poing, se ruèrent sur les fantassins impériaux. Ils les attaquèrent avec la plus folle intrépidité, et combattirent jusqu'au bout, se laissant massacrer jusqu'au dernier. Pas un n'avait voulu se rendre ou reculer. Tous étaient vêtus de couleur safran et portaient leurs plus précieux joyaux. « *Jauhar…* », murmura Akbar en contemplant leurs cadavres. « *Jauhar* », c'était pour les Rajputs la tradition du suicide collectif, accepté avec joie plutôt que de tomber aux mains de l'ennemi.

Akbar scruta intensément les murailles de Chittor. Aucun bruit, aucun mouvement, la forteresse paraissait figée, en dehors de gigantesques panaches de fumée noire qui s'élevaient des restes de ses remparts. Akbar monta à cheval et demanda à Jean de l'accompagner. Suivi de son état-major, le Grand Moghol emprunta la rampe d'accès. Il trouva grandes ouvertes les portes hérissées de pointes de fer de la place. Chittor était une ville morte. Plus un seul être vivant n'y fut trouvé. Aux carrefours, achevaient de se consumer ce qui avait dû être des bûchers colossaux. On y avait jeté toutes les richesses de la ville, les tapis, les étoffes précieuses, les meubles, les coffres, les bijoux, les pierreries afin que rien ne tombe aux mains des envahisseurs. Toutes les femmes de la ville, quel que fût leur rang, emmenant leurs enfants en bas âge avaient sauté dans le feu et s'étaient laissé brûler vives plutôt que de devenir prisonnières des Moghols. Des renseignements recueillis par la suite apprirent à Akbar que quatorze maharanis, soixante-quinze princesses, mille sept cents femmes et enfants s'étaient ainsi laissé immoler. Akbar contempla longuement ces débris comme il contempla du haut des remparts les innombrables cadavres tous de safran vêtus qui parsemaient la plaine comme des fleurs monstrueuses. « J'ai eu l'impression, ne put s'empêcher de murmurer Jean, que des milliers de soleils s'étaient abattus sur nous quand ils nous ont attaqués. » Akbar ne répondit pas. Tournant la bride de son cheval et les traits crispés, les lèvres serrées, regardant droit devant lui, il sortit de la ville maudite sans dire un mot.

Revenu au camp impérial, Akbar rassembla ses troupes pour les féliciter. Puis il fit s'avancer Jean et à voix forte s'adressa à lui : « Jean, prince de Bourbon, je te remercie pour ta contribution inestimable à notre victoire. Je n'ai jamais douté de toi. » Jean ne put s'empêcher de sourire, car Akbar avait bel et bien douté de lui, mais la mauvaise foi est le privilège des grands rois… Cependant le Grand Moghol poursuivit : « En récompense de tes précieux services, je te nomme rajah de Shergar et Marwar. » Shergar, n'était-ce pas cette forteresse en ruine où sept ans plus tôt, sur sa route vers Agra, Jean avait mis en fuite les dacoits qui attaquaient les villageois ? « Shergar ne t'oubliera pas », lui avait alors dit le chef de leur communauté. Shergar ne l'avait pas oublié puisqu'il en était désormais le maître.

Krikor, l'interprète, fut retrouvé et ramené enchaîné. Akbar ordonna qu'on le mît à la torture. Il confirma les soupçons de Jean : c'était bien le père Marilva qui avait organisé le terrible accident pour le perdre. Les coupables furent châtiés, mais il y eut aussi d'innocentes victimes. Akbar n'avait pas encore le pouvoir de s'opposer à la coutume moghole et ne put empêcher ses troupes de détruire systématiquement Chittor ni de massacrer les villageois de la région accusés d'avoir aidé les assiégeants. La chute de Chittor mit fin à la résistance rajput. Désormais, plus personne ne contesterait le pouvoir du Grand Moghol dans tout le nord et l'ouest de l'Inde.

Akbar avait fait le vœu, s'il était vainqueur de cette guerre contre les Rajputs, de se rendre en pèlerinage à Ajmer dans un des lieux les plus vénérés de l'Islam indien. Parvenu dans la ville vénérable et magnifique, il fit dûment ses dévotions au sanctuaire de Mujnuddin, son saint préféré. Son arrivée coïncidait avec le mois du ramadan. Plusieurs fois par jour, il se rendait au sanctuaire pour y faire ses dévotions. Il en profitait pour offrir des présents somptueux aux pauvres et aux pieux. Jean, qui l'avait suivi dans son périple, l'accompagnait jusqu'à la porte du sanctuaire. Chrétien, il lui était interdit d'en dépasser le seuil. Mais il voyait de loin le souverain, drapé comme tout bon musulman dans le drap blanc qui lui servirait de linceul, faire plusieurs fois le tour du tombeau du saint. Il repensait aux événements qu'il venait de vivre. Il ne pouvait oublier qu'Akbar l'avait un instant soupçonné. Il lui reprochait tout autant de n'avoir rien fait pour empêcher l'hécatombe de Rajputs. Il se demandait si Akbar était aussi admirable qu'il l'avait cru.

Lorsque ce dernier sortit du sanctuaire, Jean s'approcha de lui : « Votre Majesté a-t-elle aussi prié pour être

victorieux dans la prochaine guerre sainte qu'elle entre-
prendra ? » Akbar saisit instantanément l'amertume
cachée sous la question. Il répondit à Jean à haute et
intelligible voix pour être bien entendu de son entourage : « Je suis venu ici pour remercier Allah de m'avoir
fait gagner cette guerre, mais j'ai aussi fait un autre
vœu. Je ne veux plus qu'il y ait jamais sous mon règne
de guerres de religion. Je veux que toutes les religions
de l'univers soient non seulement tolérées dans mon
empire, mais bien accueillies, que ses desservants
puissent exposer librement leurs dogmes et qu'elles
soient pratiquées à égalité les unes des autres. » Jean
regarda ce jeune homme de vingt-cinq ans qui s'engageait dans la voie révolutionnaire de tolérance et de
liberté. Instantanément reconquis, il se sentit aussi ému
que lors de leur première rencontre.

À peine revenu à Agra, Akbar fit rechercher le père
Marilva. Celui-ci s'était littéralement évanoui dans la
nature. Jean n'eut pas trop de mal à convaincre Akbar
d'épargner les autres membres de la mission, innocents
des crimes de leur supérieur, et qui comprenaient des
gens de valeur. Simplement, au lieu de donner la priorité aux chrétiens, le Grand Moghol fit désormais venir
des prêtres des autres religions. Ainsi des brahmines
rencontrèrent des jaïns qu'ils considéraient jusqu'alors
comme hérétiques, des rabbins firent connaissance avec
des zoroastriens, représentants de l'antique religion du
soleil, des sunnites saluèrent des chiites, musulmans
comme eux mais abominables schismatiques à leurs
yeux. Soir après soir, Akbar les réunissait sur une ter-
rasse de son palais. Assis confortablement sur des sofas

de brocart, les pieds étendus sur des épaisseurs de tapis d'Ispahan, confortés par les plus exquises nourritures et par les jus de fruits les plus délicats, ils discutaient sous la présidence du souverain. Celui-ci partait du principe qu'il n'y avait dans l'univers qu'un seul Dieu, le même dans toutes les religions. Il suffisait donc aux desservants de ces religieux de s'entendre entre eux sur les dogmes pour lier toutes les religions. Les discussions dégénéraient souvent en disputes féroces. Alors, Akbar laissait les religieux, les enjoignant de trouver un accord avant l'aube et il s'en allait rejoindre ses intimes pour des fêtes privées où n'étaient pas servis que des jus de fruits. Le matin venu, les religieux n'étaient toujours pas d'accord. Mais cela ne décourageait pas Akbar, qui espérait toujours arriver à un syncrétisme de toutes les religions et recevoir la bénédiction du Dieu unique.

Comme on le pense bien cette largeur de vue n'était pas du goût de tout le monde. Un beau jour, un religieux fort respecté dans tout l'empire, Mullah Mohamed Yazi, publia une fatwa, une condamnation musulmane contre le Grand Moghol, selon laquelle ce dernier s'était tellement écarté de l'islam que tous les vrais croyants se trouvaient justifiés en prenant les armes contre lui. Le résultat ne se fit pas attendre. À l'est de l'Inde, le Bengale entra en rébellion, ainsi que la province voisine du Bihar. Les révoltés massacrèrent le vice-roi nommé par Akbar. Dans tout le pays, les oulémas craignant pour leurs privilèges murmuraient contre le souverain et répandaient à qui mieux mieux la rumeur qu'il méprisait l'islam et se rapprochait du christianisme. À Agra même, la popularité d'Akbar baissa visiblement. En

quelques semaines, le jeune empereur victorieux, ido-
lâtré par ses sujets, était devenu l'ennemi de la vraie
religion. Pour Jean, la tension était palpable à la Cour
même. Akbar prit ses distances avec le christianisme. Il
limita les visites des jésuites, retarda le permis de
construire une église. Il continua cependant à s'appuyer
sur Jean. Celui-ci lui conseillait la fermeté parce que
tout recul sur la politique de tolérance serait interprété
comme une faiblesse dont profiteraient les ennemis du
trône.

Dans l'est du pays, la révolte s'étendait. Akbar voulait de toutes ses forces y accourir pour mettre les
rebelles au pas, mais il n'osait quitter Agra. Il avait
appris qu'un de ses frères, qui probablement avait sou-
tenu en secret la révolte, n'attendait que son départ
pour tenter de prendre le trône. Akbar était plus déter-
miné que jamais, mais dans ces circonstances il pouvait peu. Il lui fallait simplement tenir. Comment et
pour combien de temps, là était toute la question. En
tout cas, il avait plus besoin que jamais du soutien, des
conseils, de l'amitié mais aussi de la fermeté de Jean.

Un matin, celui-ci ne put se lever : il se sentait trop
faible, trop fiévreux. Il fit un effort prodigieux pour
quitter sa couche, mais y retomba. Il eut des vomisse-
ments, la diarrhée. Le médecin personnel d'Akbar
accourut, prévenu par ses serviteurs. La fièvre monta.
Jean ne pouvait ni manger ni boire. Le médecin, préoccupé, lui fit donner des potions qui semblèrent augmenter son mal plutôt que le soulager. Au cours des
jours suivants, son état se dégrada encore. Il ne pouvait

toujours pas s'alimenter, la fièvre restait très élevée. Son cœur battait à rompre, à d'autres moments son pouls était presque inexistant. Akbar, continuellement informé de son état, vint lui rendre visite sans que Jean le reconnaisse. Il tomba dans l'inconscience. Il savait pourtant qu'il allait mourir. Des images, des souvenirs, des visages venaient le surprendre dans ces heures où il n'y avait plus de jour ou de nuit, d'éveil ou de sommeil. Le père Soragno, Dona Carmela, le sergent d'Aurigni, Tanis, ces morts et ces mortes qui avaient endeuillé sa vie paraissaient tous joyeux, prêts à l'accueillir parmi eux.

Au bout de plus d'une semaine plus près de la mort que de la vie, il ressentit une sensation physique plaisante : une main douce et fraîche lui caressait le visage. Puis cette même main lui souleva délicatement la tête. On lui fit boire un liquide au goût désagréable. Son état avait été si grave qu'il ne s'était pas rendu compte que la même opération avait eu lieu les jours précédents. Il se sentit légèrement mieux, il eut l'impression de reprendre pied. Cependant son état de faiblesse était tel qu'il continua à demeurer inerte.

Le surlendemain au matin, il réussit à entrouvrir les yeux. Il découvrit penché sur lui un visage, celui d'une femme et d'une Européenne. Il ne put garder les yeux ouverts et retomba dans son état de semi-conscience. Il sentit cependant qu'on lui faisait de nouveau avaler le liquide nauséabond. Petit à petit, très lentement, il revint à lui. Il retrouva sa lucidité, mais il était à ce point épuisé qu'il était incapable de bouger même la main.

La femme européenne lui donnait à boire et à manger comme à un enfant en bas âge. Il reconnut ses serviteurs qui n'avaient pas quitté son chevet. Il reconnut Akbar qui, quotidiennement, venait prendre de ses nouvelles, mais il ne fut pas en mesure de lui dire quoi que ce soit, il ne pouvait pas parler, il réussit simplement à cligner des yeux en signe de reconnaissance.

Bientôt, il put détailler la femme qui lui donnait ses soins. Elle avait un beau visage aux traits puissants, de grands yeux noisette, un nez un peu fort, des lèvres sensuelles, la peau mate, les joues rondes, les cheveux châtain clair. À chaque progrès de Jean, elle avait un large sourire et ses grands yeux aussi souriaient. Elle était vêtue à l'indienne. Bien que le malade fût incapable de lui répondre, elle lui parlait pour l'exhorter à reprendre ses forces, à retrouver son énergie, son optimisme. Elle s'exprimait en français, mais avec un accent qu'il n'arrivait pas à situer. Il ignorait quel médicament elle lui avait donné, mais il savait d'instinct que c'était elle qui l'avait tiré des griffes de la mort. Les premiers mots qu'il put prononcer furent pour la remercier, puis, tout de suite, il lui demanda qui elle était. « Je m'appelle Julia Mascarehnas, je suis portugaise, je suis médecin du harem impérial. » Jean n'était pas en état de s'en étonner, ni de se demander par quel miracle une Européenne avait appris la médecine et avait abouti dans le harem du Grand Moghol, comme physicienne. Bientôt, pourtant, il put formuler la question qui s'était formée dans son esprit : pourquoi s'était-on passé des services du médecin d'Akbar qui l'avait soigné au début de sa maladie et avait-on fait appel aux services de

Julia ? Le visage de la Portugaise se ferma, elle parut fort embarrassée, puis finit par murmurer : « Mieux vaut le demander au souverain lui-même. C'est lui qui m'a dépêchée à votre chevet. »

Lors de son premier entretien avec Akbar, Jean lui posa la même question. « Pourquoi Julia ? » Il y eut un long silence pendant lequel Akbar réfléchissait. Puis il parla de cette voix douce et égale qui le rendait parfois incompréhensible : « Tu as été empoisonné, Jean. Les rebelles qui se sont révoltés contre mon pouvoir là-bas à l'est, les mullahs qui me haïssent parce que je veux limiter leurs honteux privilèges, les intrigants qui, comme mon frère, n'attendent que le moment de me poignarder dans le dos, tous mes ennemis s'en sont pris à toi. Tu es mon conseiller le plus écouté, et comme tu es un chrétien, mes détracteurs sont convaincus que c'est toi qui me pousses, non seulement à favoriser le christianisme, mais à devenir chrétien. C'est donc toi qu'il fallait éliminer et c'est en usant du nom sacré d'Allah dont ils font un si criminel emploi qu'ils ont décroché le plus puissant, le plus efficace des alliés : ma propre mère, Hamida Begum. Tu connais comme tout le monde mon amour et mon respect pour elle. Tu sais qu'il n'y a pas de vœu qu'elle exprime pour que je ne l'exauce. Pourtant, il y a peu de temps, sans que tu le saches, car je n'ai pas voulu te blesser, j'ai dû lui opposer le refus le plus ferme. Elle m'a en effet demandé que la bible apportée par les religieux portugais soit accrochée au cou d'un âne et promenée ainsi à travers toute la ville. Lorsque je le lui refusai, elle me rétorqua que les Portugais avaient accroché un

Coran au cou d'un chien et l'avaient ainsi exhibé dans toute la ville d'Ormuz. "Il ne sied pas, lui expliquai-je, à un grand souverain de répondre au mal par le mal dans ce domaine, car le contenu de toute religion, c'est le contenu de Dieu, et je m'en voudrais de me venger sur un livre innocent."

« Heurtée au plus profond d'elle-même par mon refus, le premier qu'elle essuyait de ma vie, mes adversaires orientèrent sa rage contre toi. Ils lui firent croire qu'il n'y aurait pas de salut pour la vraie religion tant que tu serais auprès de moi. J'appris tout cela, et je sus que dès cet instant tu étais en grave danger, car pas un seul membre de ma Cour ne s'opposerait aux instructions de ma mère, connaissant sa position privilégiée auprès de moi. Qui t'a empoisonné ? Aux ordres de qui ? je ne veux pas le savoir. Mais n'étant plus sûr de mes propres médecins, j'ai fait venir Julia. D'abord, c'est une excellente praticienne, peut-être la meilleure que nous ayons, car femme elle se fie plus à son instinct qu'à ses connaissances. Ensuite, comme elle est chrétienne, elle serait la seule à ne pas être emportée par la vague de fanatisme musulman et donc à résister à ma mère. Enfin, européenne, elle aurait à cœur de guérir un frère de race. »

Jean s'inquiéta de la situation. Il était resté plusieurs mois incapable de la suivre, ni même de penser. Akbar le rassura : le conseil que lui avait donné Jean de simplement tenir le plus longtemps possible s'était révélé excellent. Il avait tenu, et il avait gagné. Une armée envoyée au Bengale et au Bihar avait rétabli l'ordre, non sans mal, mais d'une façon expéditive qui supprimerait pour un long temps toute velléité de rébellion. À la Cour, les intrigants, les comploteurs avaient été discrètement dispersés ou carrément éliminés. Le frère d'Akbar qui avait comploté contre lui avec les rebelles avait été expédié dans la province la plus occidentale de l'empire et nommé vice-roi de Kaboul, poste largement honorifique car il était sous surveillance constante. Les mullahs s'étaient calmés et Akbar avait pu reprendre ses rencontres informelles avec les représentants de toutes les religions. Quant à sa mère Hamida Begum, elle avait implicitement reconnu que Jean était le plus fidèle, le meilleur assistant de son fils. Sans avouer son implication dans l'empoisonnement de Jean et sans que personne apprenne jamais la vérité, elle s'était publiquement réjouie de le savoir tiré d'affaire.

Jean se rétablissait mais progressivement. Julia continuait à venir tous les jours lui apporter des soins. Il était intrigué, pour ne pas dire attiré par cette femme, si douce mais si efficace, si franche mais si réservée. Jean refusait de s'avouer qu'elle l'intimidait quelque peu car elle restait toujours maîtresse d'elle-même, sans faiblesse, comme sans apprêts. Un jour, il s'enhardit à lui demander comment elle était arrivée dans le harem d'Akbar. Sans hésiter, Julia commença son récit.

« Ma sœur Maria et moi, nous appartenons à la petite noblesse portugaise. Nous sommes nées à Lisbonne. Très tôt, nous avons perdu nos parents, et avons grandi dans un orphelinat fondé par notre roi Jean III pour les filles de notre condition. Chacune devait apprendre un métier. Je choisis la médecine qui, comme vous le savez, n'est pas un métier de femme. Cependant, on respecta mon vœu, et je reçus l'enseignement des meilleurs professeurs de mon pays. Arrivées à l'âge adulte, les orphelines comme nous étaient envoyées à Goa pour nous marier dans l'Inde portugaise à des militaires ou à des administrateurs royaux. Mais les pirates veillaient, qui avaient entendu parler de ces cargos. Ils parvenaient à les intercepter et vendaient mes compatriotes à différents souverains orientaux. Elles étaient européennes, elles étaient blanches et elles atteignaient de très hauts prix. Ces pirates n'étaient pas que musulmans : il y avait parmi eux des bons chrétiens comme ces corsaires hollandais qui s'emparèrent du galion sur lequel nous voyagions vers Goa. Ils emmenèrent le lot de jeunes filles dont nous faisions partie à Sourate et nous y vendirent, ma sœur Maria et moi. Le Grand Moghol avait des agents dans tous les ports importants de la côte indienne. Ceux-ci achetèrent ma sœur Maria qui est beaucoup plus belle que moi, mais ils me comprirent aussi dans le lot, pour éviter de nous séparer. Nous fûmes emmenées à Agra et présentées au Grand Moghol. Celui-ci, tout de suite attiré par Maria, ma sœur, la fit entrer dans son harem. Quant à moi, ayant appris que j'avais fait des études de médecine, il me nomma médecin des femmes. »

Jean s'enquit de savoir si Maria n'était pas trop malheureuse forcée de devenir une des innombrables beautés qui garnissaient le harem du Grand Moghol. « Maria malheureuse ! Au contraire, elle est très heureuse. Le souverain lui a fait l'honneur de l'épouser, et elle a pu garder sa religion. Elle est connue dans le harem comme l'épouse chrétienne d'Akbar. Il lui laisse faire ses dévotions devant nos images saintes, il l'encourage à lire les évangiles, et il a même fait décorer ses appartements de symboles chrétiens. »

Jean s'inquiéta de l'avenir de Julia. Le Grand Moghol offrait souvent une des femmes de son harem à des généraux victorieux, à des gouverneurs de province qu'il voulait honorer, à des princes qu'il voulait s'attacher. En fait, Julia risquait de finir dans le harem d'un homme beaucoup moins tolérant et galant qu'Akbar. Julia éclata de rire. « Je ne suis ni assez jeune ni assez jolie pour constituer un cadeau prestigieux, et puis le souverain a trop besoin de mes services médicaux. »

Jean fut ému de découvrir que Julia se sous-estimait. Elle avait beau avoir atteint la trentaine, elle restait non seulement jeune mais extraordinairement fraîche et attirante. Jean la trouvait belle. Sa personnalité la faisait rayonner d'une lumière interne.

De son côté, Julia s'était laissé séduire par Jean. Ce géant brun, aux yeux bleus en amande, fort, énergique, habitué à commander, qu'elle avait vu réduit à l'impuissance, l'avait bouleversée. Malgré ses cinquante ans, il gardait une jeunesse de corps mais surtout d'esprit qui lui donnait l'allure et les réactions d'un jeune homme. Son visage, bien que légèrement ridé, gardait ses traits puissants. L'exercice avait empêché ses épaules de se courber. Les ans passaient sans effleurer sa beauté rudement sculptée.

Jean s'étonnait que Julia pût sortir aussi aisément du harem impérial, monde hermétiquement clos, peuplé de femmes et d'eunuques, où aucun homme ne pénétrait jamais et sur lequel aucune information ne filtrait. À preuve, Jean, malgré son intimité avec Akbar, n'avait jamais appris l'existence d'une épouse chrétienne. « Je loge au harem, lui expliqua Julia, mais n'étant ni une épouse ni une concubine du Grand Moghol, je n'en fais pas à proprement partie. Aussi suis-je autorisée à en sortir mais uniquement pour des raisons spécifiquement liées à mes connaissances médicales et pour une durée limitée. Ainsi, lorsque vous serez guéri, n'aurai-je plus le droit de vous rendre visite ni de vous voir… »

Aussitôt, le visage de Jean s'assombrit. Julia, comprenant ce qu'elle venait d'annoncer, eut aussi une expression de tristesse profonde. Ce fut à la perspective de ne plus se revoir que lui et elle découvrirent le sentiment qui les liait désormais. Bien qu'il fût loin de la passion éprouvée pour Tanis, Jean, sans s'en rendre bien compte, s'était attaché à Julia au point d'en tomber amoureux. La tristesse de celle-ci, à l'annonce de leur séparation imminente, lui révéla que ses sentiments étaient partagés.

Petit à petit, bien qu'encore faible, Jean se trouva en mesure de reprendre du service. Il assistait de nouveau au durbar du Grand Moghol et à ses réunions plus privées. Julia occupant toujours ses pensées, il prit son courage à deux mains et s'en ouvrit à Akbar. Il lui confia ce qu'il éprouvait pour le médecin du harem. Le Grand Moghol eut un de ses sourires charmants qui conquérait tous ceux qui l'approchaient, et lui déclara tout de go qu'il lui donnait Julia comme épouse. Celle-ci, avertie, se déclara comblée. Jean se sentit plus heureux qu'il ne l'avait jamais été.

La cérémonie se déroula à la mission portugaise. Un jésuite les maria dans la minuscule chapelle installée dans le bâtiment. Le lendemain, Akbar déclara Julia « sœur impériale » puisque Maria était considérée comme l'impératrice des Indes. « Je ne pouvais mieux te manifester mon amitié qu'en faisant de toi mon beau-frère », déclara le Grand Moghol à Jean. Pour remercier Dieu de leur avoir permis de s'unir et d'avoir sauvé Jean de la mort, ils reçurent d'Akbar l'autorisation de construire une église fort exiguë, fort modeste, qui n'en constituait pas moins une grande première. Hormis la chapelle de la mission, réservée aux jésuites, il n'y avait jamais eu auparavant de sanctuaire chrétien dans la capitale de l'Empire moghol.

Le mariage mit un terme à la longue convalescence de Jean. À peine marié, à peine rétabli, le Grand Moghol l'envoya guerroyer. D'abord contre les Afghans, qui s'étaient une fois de plus révoltés. Jean parvint à assiéger la cité de Gandahar et l'emporta au bout de quelques heures de canonnade. Puis il alla pacifier, au sud-ouest de l'empire, les sauvages tribus balouches, et ajouta ainsi de vastes territoires à ceux que possédait déjà Akbar.

Entre-temps, Julia lui avait donné deux fils, Saviel, et le second auquel Jean donna le prénom du Connétable de Bourbon, Charles. Le Grand Moghol cependant requérait constamment ses services, et l'envoyait un peu partout, refusant de reconnaître que son meilleur lieutenant, la cinquantaine déjà passée, commençait à s'essouffler. Jean prit les devants et lui demanda un congé pour aller explorer la principauté de Sherghar et de Marwar que Akbar lui avait offerte et qu'il n'avait jamais eu le loisir de visiter.

Il partit s'y installer pour un temps indéterminé avec sa femme, ses enfants, ses serviteurs. Ses domaines étaient constitués de très vastes étendues dans une région particulièrement sauvage. Une savane épineuse alternait avec des étendues de sable roux creusées de profonds ravins. Il commença à débarrasser ses « États » de leurs deux prédateurs traditionnels, les tigres, mais aussi les dacoits, les bandits qui depuis des siècles écumaient la province et l'empêchaient de se développer. La sécurité revenue, Jean s'occupa d'améliorer et de développer l'agriculture. Vint ainsi un début de prospérité.

À son arrivée, il n'avait trouvé pour se loger à Marwar comme à Sherghar que deux vastes forts à moitié abandonnés. Il y fit construire des palais, point trop vastes mais confortables, aérés et lumineux, et il y ajouta des chapelles[1]. Souverains justes et charitables, Jean et Julia devinrent rapidement populaires. Ils appréciaient le fait que leurs deux fils grandissaient loin des miasmes de la Cour et se trouvaient au contact de l'âpre réalité du quotidien, tout en apprenant les secrets de la

---

1. Celle de la forteresse de Marwar existe toujours.

nature, et en bénéficiant de la liberté offerte par cette campagne sauvage et magnifique.

À la tombée du jour, il montait sur les remparts, il contemplait les vastes étendues. Les paysans revenaient des champs, le silence s'installait, la lumière baissait, la nostalgie naissait en lui. Alors, il sortait de sa poche la blague à poudre aux armes du Connétable de Bourbon qui ne le quittait jamais, il la contemplait longuement. Il pensait à la France, son pays, qu'il n'avait jamais connu, mais dont il avait si souvent entendu parler. Il imaginait des châteaux somptueux, des jardins enchanteurs que lui avaient décrits le père Soragno, Rodrigo Aveiro et les autres Européens qu'il avait rencontrés au cours de sa vie. Ces domaines merveilleux pourraient être siens. Reconnu dans ses titres, il se voyait y vivre avec Julia et ses enfants. Ce cadre qu'il inventait serait plus plaisant qu'un « palais » rustique et des savanes improductives. Tout cela n'était qu'un rêve mais peut-être ne serait-il pas impossible de le transformer en réalité.

Cependant, le Grand Moghol ne se résignait pas à être séparé de son premier lieutenant et meilleur ami. Acceptant enfin le fait qu'il ne pouvait plus l'envoyer à tout bout de champ en campagne, il rusa pour le faire revenir. Un jour, un messager amena à Marwar un firman du souverain nommant Jean surintendant du palais. Cette nomination équivalait à une éclatante marque de confiance, mais aussi à une énorme responsabilité. Désormais, la vie entière de la Cour dépendrait de lui. Même si le prix était lourd à payer, Julia et lui n'étaient pas mécontents de retrouver le centre nerveux de l'empire. Ils revinrent donc en famille auprès du Grand Moghol. Ce dernier avait abandonné Agra pour la nouvelle capitale de Fatehpur Sikrim qu'il venait d'achever : une immense cité de granit rose s'élevait là où, naguère, s'étendaient des champs. Avec Julia, ils escaladèrent de larges degrés en haut desquels se dressaient des portails monumentaux. Derrière s'étendaient de vastes places où s'alignaient des mosquées, des palais somptueux. Plus loin, des bâtiments disposés en damiers et élégamment décorés abritaient toutes les branches de l'administration de l'empire. Fatehpur Sikrim était autant résidence de plaisance du Grand Moghol que lieu de travail. Dans ce cadre inspirant s'élaboraient, sous la direction d'Akbar, des réformes qui allaient moderniser l'empire.

À peine étaient-ils installés dans les vastes appartements mis à leur disposition par Akbar, que Julia courut au harem pour revoir sa sœur Maria, la seule, parmi ses épouses et ses innombrables concubines, qu'Akbar considérait véritablement comme sa femme. Jean ne la rencontra jamais, aucun homme n'étant autorisé à voir les femmes du harem, mais profitant d'une excursion de ces dames dans la campagne sous la garde des eunuques, Julia lui fit visiter ses appartements. Il remarqua fort bien les croix au-dessus des portes, les fresques représentant l'Annonciation et autres symboles chrétiens qu'Akbar avait tenu à afficher chez Maria pour manifester son respect pour sa religion.

Jean fut aussitôt absorbé par le travail. Il regrettait le métier des armes où son atavisme le poussait, mais il prit goût à ses nouvelles tâches. Il y avait fort à faire pour que fonctionnât une Cour aussi nombreuse, mais surtout, même s'il bougeait peu de ses bureaux, il rencontrait l'imprévu et le risque chaque jour. Son goût de l'action, son sens de l'ordre mais aussi son talent dans l'improvisation étaient constamment mis à l'épreuve, d'autant plus qu'Akbar ne cessait de lui demander conseil sur tout.

En l'An de grâce 1590, la Cour était revenue à Agra et demeurait dans le fort-palais qui s'étendait au bord de la Jumma. Une ambassade du roi du Portugal, conduite par le comte de Minas, fut annoncée. Jean avait vu les Portugais à l'œuvre : impérialistes insatiables, ils avaient grignoté l'ouest de l'Inde, mais depuis l'autorité du Grand Moghol s'était à ce point affermie qu'il n'y avait plus à redouter leurs annexions. Le développement des relations commerciales avec l'Europe ne pouvait que profiter à l'empire. Jean expliqua ces raisons au Grand Moghol, qui accepta de recevoir l'ambassadeur. Pour l'occasion, il déploya toute la splendeur, tout le luxe dont sa Cour était capable pour mieux impressionner les visiteurs. L'audience eut lieu dans le diwan I Khas, la salle des audiences privées. Les courtisans au grand complet, bien entendu uniquement des hommes, s'y réunirent. Diwans[1], vaquils[2], généraux, juges, mullahs, brahmines, rajahs et nababs[3], c'était à qui revêtirait les vêtements les plus brodés et porterait le plus de joyaux.

---

1. Ministres.
2. Gouverneurs de provinces.
3. Souverains hindouistes et musulmans d'États vassaux.

Mais le Grand Moghol les éclipsait tous. Ayant mis de
côté sa simplicité habituelle, il avait épinglé à son turban
le plus grand rubis du monde entouré de diamants qui
retenaient son aigrette. Autour du cou et des bras ruisse-
laient émeraudes, perles et diamants. Son sabre était
incrusté d'énormes émeraudes. Ses babouches à la
pointe légèrement relevée étaient elles-mêmes brodées
de rubis et de perles. Il prit place sur le trône entièrement
recouvert d'or, incrusté des plus gros cabochons, de
rubis et d'émeraudes, dont le dossier représentait un
paon à la queue déployée, cet oiseau étant en Inde le
symbole de la royauté.

L'ambassade fut introduite au son des tambours et
des trompettes. Jean reconnut les uniformes portugais
des officiers. Ils étaient nombreux, mêlés à quelques
jésuites, indispensables à la présence portugaise, menés
par le comte de Minas, un grand seigneur tout de noir
vêtu, le col enserré dans une vaste fraise blanche portant au cou le lourd collier de l'Ordre de la Toison d'Or.
Jean ne put réprimer un mouvement de stupéfaction et
de joie, en le reconnaissant à sa haute taille, à sa maigreur et à son allure nonchalante : Rodrigo Aveiro !
Malgré les trente-cinq ans qui s'étaient écoulés depuis
leur séparation, Jean retrouva les yeux tombants, la
mine lasse, le sourire désabusé qui cachaient un des
esprits les plus acérés. Rodrigo arrêta son regard sur lui
et le reconnut au premier coup d'œil. Un étroit sourire
parut sur ses lèvres minces. Rien de cela n'échappa au
Grand Moghol qui annonça : « Pour mieux honorer nos
illustres visiteurs, aujourd'hui ce sera mon fidèle colla-

borateur, Jean, prince de Bourbon, qui assurera la traduction. »

L'ambassadeur, après avoir rendu hommage au Grand Moghol, prononça son discours. Il assurait Akbar de l'indéfectible amitié de son maître le roi du Portugal qui, pour prouver ses sentiments, ne pouvait mieux souhaiter que le développement des relations commerciales entre les deux empires. Rodrigo parla longtemps et parut s'ennuyer prodigieusement de son propre discours. Jean le traduisit en persan comme il traduisit en français la réponse préparée d'avance du Grand Moghol. Puis ce dernier confia l'ambassadeur et sa suite aux soins du surintendant du palais, c'est-à-dire Jean, avant de se retirer.

Avec tout le cérémonial requis, Jean mena les Portugais dans le palais des hôtes privilégiés. Il leur donna rendez-vous pour le banquet de gala dont il était chargé de faire les honneurs. Celui-ci eut lieu dans la grande salle du palais aux murs de grès rose. Une dentelle de la même pierre masquait les fenêtres, le sol était constitué de grandes dalles de marbre blanc recouvertes de tapis persans. Les Portugais s'assirent non sans maladresse sur des divans bas devant des tables rondes sur lesquelles des nuées de serviteurs déposaient les éléments du banquet. Ils ne voyaient pas, dans une loggia très haut placée et protégée des regards par un moucharabieh de marbre blanc, leurs compatriotes, Julia et sa sœur Maria, l'épouse chrétienne du Grand Moghol, qui, avec les autres dames du harem, assistaient au spectacle. Tous les délices de la cuisine indienne se traduisirent en dizaines de plats plus succulents les uns que les autres.

Les Portugais firent beaucoup d'honneur aux alcools très forts qui leur furent servis. Lorsque les nautch, les danseuses officielles, produisirent leurs danses à la fois mystiques et érotiques, leur enthousiasme ne connut plus de bornes. Ils se retrouvèrent tous, jésuites inclus, dans un état plutôt avancé.

Seuls Jean et Rodrigo gardaient leur sobriété qui purent enfin abandonner la distance protocolaire et bavarder comme deux amis se retrouvant après une longue absence. Jean ne s'était vraiment pas attendu à revoir si soudainement. Rodrigo, lui, savait qu'il reverrait son ami : le père Marilva, qui avait réussi à retourner au Portugal, avait assez parlé de lui à qui voulait l'entendre. Cet aventurier français prétendument prince, cet ignoble traître, cet infâme renégat, cet ennemi juré du Portugal et des Portugais continuait à être le favori tout-puissant du Grand Moghol qu'il dominait sans aucun doute grâce à la sorcellerie, à la magie noire et autres Arts Sombres. Rodrigo partit de son hennissement qui lui tenait lieu de rire pour achever le portrait de Jean qu'avait dressé le jésuite. Il ajouta : « Personne ne l'écoute. Malgré ses rodomontades, la vérité a été découverte sur lui. Il est en disgrâce. » Puis il relata sa propre vie. Il avait abandonné l'armée pour la diplomatie qui l'avait mené aux plus hautes charges de l'État. C'est ainsi qu'il avait conduit plusieurs missions en pays étrangers.

Jean, à son tour, lui décrivit ses aventures depuis leur séparation. Il lui raconta en détail ses relations avec le père Marilva, les abominations dont celui-ci s'était rendu coupable, ce qui n'étonna pas outre mesure Rodrigo. « Mais, questionna Jean, par quel phénomène, mon cher Rodrigo, vous appelez-vous désormais le comte de Minas ?

— Tout simplement parce que plusieurs membres de ma famille ont eu la bonne idée de mourir sans descendants afin de me laisser notre titre héréditaire. Mais, vous-même, mon cher Jean, expliquez-moi pourquoi vous vous présentez désormais sous le titre de prince de Bourbon ? Vous m'aviez parlé en Éthiopie des possibilités que vous fussiez le fils du Connétable de ce nom, vous n'en étiez à l'époque pas certain. Pardonnez-moi mon indiscrétion et mon insolence, mais vous êtes-vous affublé de cette illustre origine pour mieux convaincre le Grand Moghol de vous employer ?

— Ce n'est pas le Grand Moghol, répondit Jean, qu'il a fallu convaincre, mais tout d'abord moi-même. Au cours de ces années, je me suis lentement et pour ainsi dire inconsciemment forgé la certitude que j'étais véritablement le fils légitime du Connétable. J'ai donc assumé ma filiation, au moment même où, contrairement à ce que vous insinuez, elle m'était totalement inutile. En effet, lorsque je suis arrivé en cette Cour, croyez bien que personne, parmi les Indiens, n'avait idée de ce qu'est la Maison de France et la famille de Bourbon. Ils avaient vaguement entendu parler d'un royaume des Frantsis, des Français, mais ils ignoraient tout des rois qui y régnaient. De plus l'empire n'était pas encore solidement établi. Les menaces, les dangers assiégeaient le très jeune empereur. Il avait d'autres soucis que de chercher ce que signifiait le nom de Bourbon.

« Lorsque je rencontrai pour la première fois Akbar, il avait, malgré sa jeunesse, acquis à travers les épreuves une étonnante maturité. Le regard perçant qu'il posa sur moi lorsque je lui racontai mon histoire me dévoila à lui tel que j'étais. Soyez certain que si j'avais menti ou que je m'étais inventé une identité, il l'aurait immédiatement décelé. On ne trompe pas Akbar alors qu'il approche de la cinquantaine. On ne trompait pas Akbar lorsqu'il avait dix-sept ans. C'est lui qui, par la foi qu'il a mise en moi, m'a convaincu de mon identité.

— Mais enfin, Jean, si vous êtes véritablement le fils du Connétable, pourquoi n'avez-vous pas fait valoir vos droits pour récupérer son héritage ?

— Je vous avoue qu'il m'est arrivé d'en avoir quelques velléités, non pas tant pour moi-même que pour mes fils. Mais la raison l'a emporté. Trop d'années se sont écoulées. Pour moi, tout est fini du côté de la France puisque rien n'y a commencé. Le Connétable fut un traître, je ne voulais pas réveiller de méchants souvenirs en me faisant reconnaître pour son fils. J'ai fait ma paix avec les Valois [1]. Qu'ils gardent l'héritage qu'ils m'ont volé et qu'ils continuent à régner glorieusement.

— Mais il n'y a plus de Valois, s'écria Rodrigue, morts les Valois, finis les Valois ! Le dernier de cette dynastie, le roi Henri III, est mort assassiné il y a à peine un an sans laisser d'enfants. Sa couronne fut automatiquement dévolue à son plus proche parent

---

1. François Ier et ses descendants.

mâle qui se trouvait être un lointain cousin, Henri de Bourbon, aujourd'hui Henri IV. »

Soudain, surexcité, Jean éleva la voix, devant les autres Portugais assommés par les vapeurs de l'alcool, obnubilés par les déhanchements des nautche : « Je suis l'aîné de Henri de Bourbon, donc c'est moi, aujourd'hui, le chef de la Maison de France. C'est moi qui devrais occuper à sa place le trône de France ! » Il eut un rire à la fois triste et ironique, et se plongea dans ses réflexions. Rodrigo, qui l'observait de ses yeux mi-clos, lui glissa d'une voix douce : « Le roi du Portugal, mon maître, serait prêt à vous aider à monter sur le trône de France qui vous appartient.

— Le roi du Portugal ! s'exclama Jean, mais, mon cher Rodrigo, il n'y en a plus. »

Les jésuites de la mission en effet l'avaient tenu au courant des événements qui avaient secoué le Portugal. La dynastie régnante s'était éteinte en la personne du roi Sébastien disparu au Maroc sans descendant. Son plus proche parent, le roi d'Espagne, fils d'une princesse du Portugal, avait envahi et occupé le pays. Rodrigo eut un geste nonchalant. « Mettons alors que le roi d'Espagne, ayant un sens aigu du droit et de la justice, est prêt à mettre sur le trône de France son héritier légitime.

— Le roi d'Espagne, comme son père l'empereur Charles Quint, n'a qu'une idée en tête, détruire la France. Le père a utilisé mon père. Le fils cherche à utiliser son fils. Il voudrait que j'arrache de force la couronne de France. Il voudrait qu'à l'instar de mon père, et entouré des ennemis de ma patrie, j'aille porter la guerre sur la terre de France. C'est assez qu'il y ait eu dans ma famille un traître. Je préfère négliger mes droits afin qu'il soit pardonné à mon père. Je ne souhaite qu'une seule chose, que la France continue à m'ignorer. »

Rodrigo ne lâchait pas si facilement prise. Il usa de tous les arguments que lui suggérait sa brillante intelligence. « Mais mon cher Rodrigo, l'interrompit Jean, vous oubliez que je possède déjà un royaume. Évidemment Shergar, ce n'est pas la France, mais cela me suffit amplement. » Rodrigo décrivit la faiblesse d'Henri IV, la division de la France entre les catholiques et les protestants hérétiques, qu'Henri IV, leur ancien frère de religion, n'avait pas hésité à renier pour monter sur un trône branlant. « Il s'en faudrait de peu, conclut Rodrigo, pour que sous votre conduite la France retrouve la vraie religion. » Jean eut un petit rire : « Mon cher Rodrigo, vous êtes le digne émule du père Marilva. On croirait l'entendre ! Peut-être d'ailleurs êtes-vous venu ici à son instigation. Il n'a pas réussi à faire de moi son homme de main auprès du Grand Moghol. Peut-être n'êtes-vous venu ici que pour tenter de mettre sur le trône de France votre ami devenu votre homme de paille et celui de votre maître. Hélas pour vous, il vous faudra trouver un autre candidat… »

Rodrigo ne s'avoua pas encore vaincu : « Quel dommage, vous pourriez être si utile à la France ! » Jean eut un geste de lassitude : « Même si j'avais été jeune, je ne vous aurais pas suivi. Voyez-vous, Rodrigo, la France m'a rejeté, Akbar m'a fait confiance et m'a donné une nouvelle vie. L'Inde m'a accueilli à bras ouverts et m'a offert une nouvelle personnalité, en me permettant de faire enfin la paix avec moi-même. Je lui suis trop reconnaissant pour jamais l'abandonner. Je souhaite que mes descendants assument leur ascendance française et royale, et pour qu'ils s'en souviennent, je leur lègue le seul bien qui me vient du Connétable, cette blague à poudre à ses armes, mais je veux avant tout qu'ils soient indiens. Mon passé est clos, seul l'avenir m'intéresse, l'avenir des miens est en Inde, car l'Inde c'est l'avenir. » Il se leva avec une légèreté de jeune homme : « Il faut désormais nous séparer. Sans rancune, Rodrigo.

— Sans rancune, Jean », répliqua l'ambassadeur avec fatalisme.

Jean de Bourbon mourut peu après la visite de l'ambassade portugaise à la Cour du Grand Moghol. La date exacte de sa mort n'a pas été retrouvée, mais il avait dépassé les soixante-dix ans. Il fut enterré dans le petit cimetière adjacent à l'église qu'il avait fait construire à Agra. Plusieurs années plus tard, sa femme Julia l'y rejoignit. La sœur de cette dernière, Maria, fut à son tour enterrée à côté du magnifique tombeau de son mari, le Grand Moghol Akbar, à Sikander, au nord d'Agra.

POSTFACE

Le fils aîné de Jean et de Julia, Saviel de Bourbon, hérita du poste de son père et devint surintendant du palais. Quant au cadet Charles, on ne possède pratiquement aucune information sur lui. Sur quatre générations, les descendants de Jean de Bourbon servirent les descendants du Grand Moghol Akbar, occupant des hautes fonctions à la Cour.

Puis, l'Empire mongol entra en décadence, les divisions l'affaiblirent, les intrigues le minèrent. Le puissant shah de Perse en profita : il envahit l'Inde et en 1739, s'empara de la capitale Delhi ainsi que du Grand Moghol. Il mit la main sur le fabuleux trésor accumulé par les souverains mongols pendant des générations. Il rapporta en Perse les bijoux que portait Akbar, le fameux trône des paons sur lequel il s'asseyait et qu'on ne vit plus jamais. Les Bourbons se sentant désormais inutiles aux descendants d'Akbar, menacés d'autre part par les envahisseurs comme par leurs rivaux à la Cour, se retirèrent dans leur principauté de Shergar.

C'était Balthazar IV de Bourbon qui me racontait tout cela. Il ne savait quasiment rien du premier de la famille, Jean de Bourbon, mais il était profondément informé du sort de ses descendants. « Bientôt, poursuivit-il, un rajah voisin qui haïssait les Grands Moghols et tous ceux qui les avaient servis attaqua Shergar, s'en empara une nuit de Noël et offrit aux Bourbons le choix entre la soumission ou la mort. Ceux-ci refusant de se soumettre furent tous exécutés avec leurs serviteurs, François de Bourbon en tête, le chef de la famille, l'arrière-arrière-petit-fils de Jean de Bourbon qui avait alors plus de soixante ans. Seul son fils, Salvator Ier, réussit à s'échapper et à se réfugier provisoirement en la ville de Gwalior. »

En 1785, il choisit d'émigrer à Bhopal. C'était l'époque où, profitant de la décomposition de l'Empire mongol, de nouvelles principautés surgissaient ici ou là, principalement au centre et à l'ouest de l'Inde. Bhopal était un de ceux-là. Un aventurier afghan venait, quelques décennies plus tôt, de fonder ce vaste et puissant État. Musulman, il s'arrogea le titre de nabab. Bhopal attira d'autres aventuriers qui savaient y faire fortune.

Salvator de Bourbon en était qui obtint rapidement la position de gouverneur du fort de la ville. « Le fils de Salvator, Balthazar Ier de Bourbon, fut, après le fondateur de la dynastie Jean de Bourbon, le second grand homme de la famille, raconte son descendant. Au début du XIXe siècle, le maharaja de Gwalior attaqua Bhopal à la tête d'une armée de quatre-vingt mille hommes. Bhopal ne pouvait aligner que cent mille soldats. Cela suffit pourtant à Balthazar pour repousser plusieurs attaques, et même pour suivre l'assaillant jusqu'à Gwalior. Le général en chef des vaincus en fut si honteux qu'il se suicida en avalant un diamant.

« Quelques années plus tard, le maharaja de Gwalior repartit à l'attaque de Bhopal. À la tête d'une armée encore plus puissante, cette fois-ci commandée par un général remarquable en qui il avait toute confiance, un Français, Jean-Baptiste Filose. De nouveau, mon ancêtre Salvator se trouva à la tête des maigres troupes de Bhopal pour s'opposer à l'envahisseur. Les soldats des deux armées, alignés sur le champ de bataille, se tenaient prêts à se jeter les uns contre les autres. Les deux généraux en chef attendaient l'un et l'autre à qui donnerait le premier le signal. Soudain, Salvator de Bourbon s'avança vers Jean-Baptiste Filose et lui proposa un duel, afin d'éviter un carnage. Un général en chef tué plutôt que des milliers de victimes. Filose tira son épée et la jeta par terre. "Nous sommes tous les deux fils de la France, pourquoi nous combattrions-nous ?" Les deux généraux, au lieu de s'entre-tuer, s'étreignirent, ils échangèrent leurs casques, ils se jurèrent une amitié éternelle et chacun rentra chez soi. Balthazar était devenu le héros de Bhopal. »

Encore quelques années, et le souverain de Bhopal, le nabab, mourait, tué d'un mystérieux coup de pistolet. Probablement un accident. Il ne laissait qu'une jeune épouse, Kudsia Begum, et une fille âgée de quatre ans, Sikunder Begum. Aussitôt, les candidats au trône affluèrent, cousins, neveux, rivaux. Balthazar imposa l'orpheline Sikunder et la veuve Kudsia Begum qui serait la régente de sa fille. Ces dames avaient besoin d'un appui solide et le trouvèrent chez celui qui les avait mises sur le trône, Salvator. Son pouvoir fut plus étendu que jamais. Il y eut mieux : Balthazar de Bourbon tomba éperdument amoureux de la régente, Kudsia Begum. Cette adoration fut partagée, malgré toutes les difficultés imposées par la vie en purdah[1].

Balthazar Ier s'était construit un grandiose palais en ville, le Shaukot Mahal. Je l'avais visité, il s'étendait sur plusieurs hectares et comprenait des cours si vastes qu'elles avaient été ouvertes au trafic intense de la ville. L'architecture et la décoration n'étaient pas vraiment indiennes mais plutôt inspirées du baroque européen. Balthazar IV me raconta comment le palais avait quitté la famille :

« À peine l'eut-il achevé que Balthazar invita Kudsia Begum à visiter le Shaukot Mahal. Elle vint et s'extasia : elle n'avait jamais vu demeure plus belle. Balthazar s'inclina devant la souveraine, "le palais est à vous, madame", et il lui offrit non seulement le palais mais tout ce qu'il contenait. Cependant, les échanges de messages et les rendez-vous furtifs entre les amants firent courir les bruits d'une liaison scandaleuse entre la souveraine musulmane et son premier ministre chrétien. Pour sauvegarder la réputation de sa bien-aimée, Balthazar se rendit à Delhi et en 1823, à quarante-neuf ans, épousa en grande pompe à la cathédrale une ravis-

---

1. Harem indien.

sante adolescente blonde de quinze ans, Isabelle, fille d'un noble anglais. Leur retour à Bhopal fut célébré comme une fête nationale. Kudsia Begum, qui avait alors vingt-quatre ans, conféra à sa rivale le titre de Madame Doulân Sircar, "Reine des Fiancées", et une amitié imprévue se noua entre ces deux femmes qui aimaient le même homme.

« Mais les ennemis de Balthazar, des nobles afghans qu'il avait écartés du pouvoir, veillaient. Il échappa à plusieurs complots, mais ceux-ci réussirent à l'empoisonner. Son corps suait par chacun de ses pores et il vomit sur ses habits noirs richement brodés. Les médecins furent consultés, on usa en vain d'un antidote, et lui comme tous comprirent que la rosée de la mort s'était posée sur son front. »

Il laissait une veuve de vingt-deux ans, la princesse Isabelle. Celle-ci devint automatiquement le chef de ma famille. Elle déploya autant d'énergie que d'autorité et vécut fort longtemps. Ce fut elle que Louis Rousselet visita en 1865, elle avait conservé la faveur des bégums et avait réussi à agrandir la fortune déjà considérable de la famille. Elle employait plus de six mille serviteurs, et lorsqu'elle mourut en 1882 à l'âge de soixante-seize ans, elle léguait une quantité invraisemblable de bijoux, cent maisons à Bhopal, quarante éléphants, deux maisons de commerce et six mille roupies or à chacun de ses nombreux petits-enfants. Kudsia Begum, la maîtresse de son mari, et Sikander Begum, la fille de Kudsia, étaient mortes avant elle.

Désormais régnait Shahjehan Begum. Contrairement à sa mère et à sa grand-mère, celle-ci détestait les Bourbons et les chrétiens. Elle n'osa rien du vivant d'Isabelle de Bourbon, dont elle redoutait la popularité, mais à peine la vieille dame fut-elle enterrée qu'elle ferma l'église construite par la défunte et chassa les chrétiens de Bhopal. Dans la foulée, elle supprima le tribut annuel payé par la dynastie régnante aux Bourbons.

À Shahjehan Begum succéda sur le trône de Bhopal sa fille, Sultajahan, la dernière de ces étonnantes souveraines, les seules femmes à avoir occupé héréditairement un trône musulman. La nouvelle souveraine fit mieux que sa mère : elle confisqua tout simplement la fortune des Bourbons. Le chef de la famille se trouvait être alors Bonaventure de Bourbon, l'arrière-petit-fils de l'illustre Balthazar et de la princesse Isabelle. Du jour au lendemain, il se retrouva avec les siens à la rue. Les trois à quatre cents membres du clan Bourbon, ne pouvant plus subvenir à leurs besoins, émigrèrent hors de l'Inde, ainsi que me l'avait déjà raconté Balthazar IV. Seuls restèrent Bonaventure et sa descendance immédiate. À cette époque disparut la blague à poudre aux armes du Connétable que plusieurs témoins affirmaient avoir vue en possession des Bourbons de Bhopal.

Il fallut attendre l'indépendance de l'Inde et la limitation du pouvoir de ses souverains, nababs et maharajas, pour que Salvator II de Bourbon, fils de Bonaventure, récupère un peu de la fortune familiale.

Balthazar IV qui me recevait était le fils de ce Salvator II et le petit-fils de Bonaventure. Comme son père, comme son grand-père, il se montrait extrêmement discret sur la brouille entre les Bourbons et les

Bégums et tout ce qu'avaient dû subir les Bourbons. Il préférait oublier cette tranche, triste et misérable, du passé pour contempler, le sourire aux lèvres, l'avenir représenté par ses trois beaux enfants.

Quatorze générations le séparent du fondateur de la famille, le légendaire Jean de Bourbon. De mâle en mâle, Balthazar est l'aîné de ses descendants, il a donc hérité de ses droits. Si Jean de Bourbon était véritablement le fils du Connétable, ainsi qu'il avait fini par le croire, son descendant Balthazar IV de Bourbon se trouve être l'aîné de la Maison de France… sinon plus.

BIBLIOGRAPHIE COMMENTÉE

Les Bourbons de Bhopal existent, je les ai rencontrés. Les papiers d'identité de ces nationaux de l'Inde portent tous le nom prestigieux de Bourbon. C'est donc le voyageur français Rousselet qui, le premier, les a fait connaître en Occident. Passant par Bhopal en 1865, il rencontre la princesse Isabelle de Bourbon, veuve de Balthazar Ier. Interrogée par lui sur l'origine de la famille, elle lui raconte succinctement la vie de Jean de Bourbon : « Durant le règne du grand Akbar, environ vers 1557 ou 1559, un Européen appelé Jean de Bourbon arriva à la Cour de Delhi. Il se disait français et descendant d'une des plus nobles familles du pays. Il raconta qu'ayant été fait prisonnier par des pirates turcs, alors qu'il voyageait accompagné de son précepteur, il avait été emmené en captivité en Égypte. Cet événement était arrivé en 1541, alors qu'il avait quinze ans. Une fois en Égypte, le jeune homme, par ses qualités, gagna la faveur du souverain qui l'incorpora dans son armée. En guerre contre les Abyssins, il fut de nouveau fait prisonnier. Sa qualité de chrétien, son intelligence, son éducation lui gagnèrent une certaine position en ce pays. Il lui fut possible, sous un quelconque prétexte, d'atteindre les côtes de l'Inde sur un de ces vaisseaux abyssins qui, à l'époque, communiquaient constamment avec la côte ouest de ce pays. Débarqué à Broach, il entendit parler avec révérence de la splendeur de la Cour du Grand Moghol. Il déserta la flotte des Abyssins et s'en fut à Agra. L'empereur Akbar, auquel le jeune Européen raconta son histoire, fut conquis par l'élégance de ses manières, l'intelligence de son apparence et lui offrit un poste dans son armée. Peu après, il le nomma maître de l'artillerie. Chargé d'honneurs et de richesses, le prince Jean de Bourbon mourut à Agra, laissant deux fils… »

Dans ce court récit, la princesse Isabelle donne précisément les étapes de l'odyssée de Jean de Bourbon. Elle n'est pourtant pas la seule, en Inde, à parler de lui. Le colonel W. Kincaid, ancien des services politiques indiens, publie dans *Asiatic Quarterly Review* de janvier 1887 : « Dans la deuxième moitié du XVIe siècle, autour de 1560, Jean-Philippe de Bourbon de Navarre, membre de la branche cadette de la famille d'Henri IV, partit en Inde en bateau, dit la tradition. Il avait été contraint de quitter la France, car il avait tué en duel un parent de haut rang. Il arriva à Madras, l'empereur l'envoya chercher, et intéressé par son histoire, il le traita avec beaucoup de faveurs et de distinctions. »

Mesrob Jacob Seth, médaille d'or de l'université de Calcutta, membre de la Royal Asiatic Society du Bengale et de la Royal Asiatic Society de Grande Bretagne et d'Irlande, écrit, dans son ouvrage *Armeniens in India from the earliest time to the present days*, au chapitre 5 : « Pendant le règne de l'illustre Akbar, justement surnommé le Grand, il arriva à la Cour du Moghol, entre 1557 et 1559, un prince français, Jean-Philippe Bourbon de Navarre, issu de la Maison Royale de France. Il raconta à l'empereur qu'ayant été capturé par des pirates turcs au cours d'un voyage qu'il faisait avec le prêtre de la famille, son précepteur, il fut emmené comme prisonnier en Égypte. Une fois là, le jeune homme gagna bientôt l'estime du souverain du pays par ses manières affables. Celui-ci le prit à son service et lui donna un poste de commandement dans son armée. Dans une guerre contre les Abyssins, il fut à nouveau capturé mais, comme il était de religion chrétienne, il accéda rapidement à de hautes fonctions dans ce pays chrétien. En raison de sa haute position, il réussit sous un prétexte quelconque à faire voile vers l'Inde dans un de ces vaisseaux abyssins qui, à cette époque, entretenaient des relations régulières avec la côte de Konkan. Ayant entendu parler de la splendeur et de la munificence régnant à la Cour du Grand Moghol, et désertant la flotte abyssine, il fila aussitôt à Agra. Akbar qui recevait toujours fort bien les étrangers de distinction à sa Cour fut frappé par les gracieuses manières, le noble port et la vive intelligence de Jean. Il lui offrit immédiatement un commandement dans son armée. Un an plus tard, il le nomma maître canonnier… »

La Bégum de Bhopal, Sultane Jahan, la première qui s'en prit aux Bourbons, publia dans les annales de sa dynastie, à propos de Balthazar Ier : « Hakim Shahzad Masih (nom indien de Balthazar Ier) descendait d'un Français, Jean-Philippe de Bourbon, un des aventuriers dignes d'intérêt et dont on croit qu'il appartenait à la famille royale de France et vint en Inde sous le règne d'Akbar, l'empereur. Il servit dans l'armée d'Akbar et son fils devint officier d'artillerie. »

Dans les années 60 du siècle dernier, un voyageur d'origine polonaise, Vitold de Golish, qui visitait nababs et maharadjahs, comme l'avait fait un siècle plus tôt Rousselet, arriva à Bhopal et rencontra par hasard Salvator de Bourbon, grand-père du présent Balthazar IV. Ce dernier lui raconta l'origine de leur famille : « C'est le fondateur de notre Maison aux Indes, me dit le prince Salvator, Jean-Philippe de Bourbon. C'est lui qui, ayant quitté Pau au XVIᵉ siècle, arriva aux Indes après un long voyage aventureux. S'étant mis au service du Grand Moghol Akbar, qui lui avait demandé d'organiser son artillerie, il devint son ami et reçut le titre de maharadjah, plusieurs villes, soixante villages et vingt châteaux. Il mourut comblé d'honneurs et de richesses. Il avait eu deux fils. »

Malgré les incohérences de ces récits, ils prouvent qu'il y eut bien un Européen, un Français, disant s'appeler Jean de Bourbon, qui se présenta à la Cour du Grand Moghol Akbar et fut engagé par celui-ci.

La question que les chercheurs se sont posée, c'est évidemment de savoir si ce Jean de Bourbon se raccrochait à l'arbre généalogique de la Maison de France. Plusieurs hypothèses furent émises, l'une plus invraisemblable que l'autre.

Rousselet, de nouveau, m'ouvrit des horizons. Dans la seconde édition de 1879 de son *Inde des rajahs*, le paragraphe inédit, absent de la première édition de 1875, me mit sur la piste : « Je laisse à ceux que cela peut intéresser d'établir si ce Jean-Philippe de Bourbon appartenait à la famille française des Bourbons, et si dans ce cas, il ne serait pas quelque fils illégitime du fameux Connétable qui vivait à peu près à cette époque, ou si ce n'était qu'un imposteur. »

Pourquoi Rousselet émet-il cette hypothèse, nul ne le sait, mais il devait bien avoir quelques raisons pour ce faire. Sa théorie reçoit une confirmation qui tient en trois lignes mais qui demeure décisive. Dans *Les Annales bourbonnaises* de 1892, il est écrit : « Il existait en Bourbonnais une tradition aux dires de laquelle le Connétable de Bourbon avait laissé un fils qui avait été envoyé aux Indes pour le soustraire aux rancunes de François Ier. »

Il semblait cependant invraisemblable qu'un des plus grands personnages de la chrétienté ait pu avoir un fils légitime sans que cela se sût. J'ai donc échafaudé l'hypothèse que je développe dans cet ouvrage. En dehors de sa passion incontrôlable pour le Connétable de Bourbon, Louise de Savoie voulait à tout prix mettre la main sur l'héritage de sa cousine, la duchesse Suzanne. Elle avait déjà prouvé qu'elle ne reculait devant rien. Son fils, et ses descendants, pour garder cette fortune qu'elle s'était injustement appropriée, étaient prêts à bien des indélicatesses. L'escamotage de l'héritier légitime s'expliquait donc, et surtout ce n'était pas le seul exemple dans l'Histoire.

Rousselet, devant le succès de son *Inde des rajahs*, publiait en 1882, non plus un récit de voyages, mais un roman intitulé *Le Fils du Connétable*. Parlant à la première personne, ces faux Mémoires racontaient l'histoire de Jean de Bourbon depuis son enfance. Traité par certains de pure fiction, et truffé d'ailleurs d'erreurs historiques, l'ouvrage qui concerne Jean de Bourbon sonne très souvent vrai, ce qui me fait penser que Rousselet, pour le rédiger, a eu accès à des sources ignorées. Croyant en la véracité de ses dires, je m'en suis inspiré. Ce n'est pas dans *Le Fils du Connétable*, mais dans la deuxième édition de *L'Inde des rajahs* où Rousselet raconte : « Le digne missionnaire qui assistait à notre entrevue (avec Isabelle de Bourbon) m'assura que l'on conservait dans le trésor de la famille un écusson portant des fleurs de lys grossièrement peintes et qui avait appartenu à Jean-Philippe de Bourbon. »

Ce souvenir de famille devait être forcément de petite taille pour avoir été conservé par Jean de Bourbon à travers toutes ses aventures. J'ai donc imaginé la blague à poudre donnée par le Connétable, ce qui signifiait que l'enfant avait au moins une fois rencontré son présumé père.

La prise par les pirates turcs, le service dans l'armée d'Égypte sont des épisodes que l'on retrouve dans la trame de la vie de Jean de Bourbon rapportés par d'autres que Rousselet.

Le séjour en Éthiopie et l'obtention de hauts postes se retrouvent dans d'autres auteurs que Rousselet. Celui-ci se trompe d'ailleurs sur le nom de l'empereur d'Éthiopie de l'époque ainsi que sur la situation de l'empire. Il ne me fut pas facile de rétablir la vérité.

Les Portugais, à l'époque, étaient infiltrés dans l'empire d'Éthiopie et occupaient une grande partie de la côte ouest de l'Inde. Il me fut facile d'imaginer Jean de Bourbon entrant à leur service, plus particulièrement au service des jésuites, cinquième colonne de l'impérialisme lusitanien.

Des chercheurs s'accordent à donner la date de 1550 à 1560 pour l'arrivée de Jean de Bourbon à la Cour d'Akbar. Ce ne pouvait être avant puisque Akbar, alors un tout jeune homme, ne prend le pouvoir qu'en 1560.

D'autre part, Jean, fils légitime du Connétable, ne pouvait être né après 1521, date de la mort de la duchesse Suzanne. Il avait donc atteint la quarantaine lorsqu'il se présente devant le Grand Moghol. À partir du moment de son entrée à la Cour de ce dernier, l'existence de Jean de Bourbon est beaucoup plus documentée. Le fait qu'Akbar lui ait instantanément fait confiance, l'ait engagé et nommé maître de l'artillerie ne fait aucun doute. Non plus que l'existence de Julia Mascarenas, seconde épouse de Jean.

En 1903, Ismail Gracias de Goa, membre de l'Académie Royale de Lisbonne, publie une brochure, *A Portuguese lady à la Cour du Grand Moghol* : « La présumée épouse chrétienne d'Akbar était l'une des sœurs qui, au cours de la seconde moitié du XVIᵉ siècle, furent envoyées d'un orphelinat royal de Lisbonne à Goa pour y être mariées. Cette coutume est avérée. Le vaisseau sur lequel elles naviguaient fut pris par un bateau hollandais et les sœurs furent emmenées à Sourate et vendues à la Cour du Grand Moghol. Akbar lui-même épousa l'aînée et fit de la cadette, Juliana, la doctoresse du sérail. De plus, il donna finalement Juliana en mariage à un certain Jean-Philippe de Bourbon, un parent d'Henri IV de France. »

Mesrob Jacob Seth déjà cité écrit : « Étant soucieux de s'attacher le prince (Jean) à sa Cour de manière permanente, Akbar lui donna en mariage une femme arménienne du nom de Juliana, qui était alors employée comme doctoresse, avec la responsabilité médicale du sérail d'Akbar. » Il n'est pas incompréhensible que l'auteur ait fait de la Portugaise une Arménienne, lui-même appartenant à cette glorieuse race.

Le colonel Kincaid déjà cité ajoute : « Après cela, l'empereur étant très content de ses manières courtoises et de sa conduite, il voulut s'attacher ses services et lui offrit en mariage Dame Juliana, sœur de l'épouse chrétienne d'Akbar, qui, grâce à son talent et à ses connaissances de la médecine européenne, était en charge de la santé des épouses impériales. Ce mariage fut dûment célébré, et après cela, l'empereur conféra à son beau-frère le titre de Nabab Masih, et il plaça le sérail impérial sous sa responsabilité. Dame Juliana fut incluse dans le groupe très fermé des sœurs impériales. L'honorable charge conférée aux Bourbons resta dans la famille jusqu'au pillage de Delhi par Nadir Shah en 1739. »

Mesrob Jacob Seth, qui a fait de Juliana une compatriote arménienne, précise : « Cette dame qui, selon certains auteurs, était la sœur de l'épouse chrétienne d'Akbar, fit bâtir la première église chrétienne d'Agra, où selon une tradition fondée sur les registres des Bourbons en Inde Dame Juliana et Jean-Philippe de Bourbon ont été enterrés. »

Plus tard, cette église fut démolie mais les registres existent toujours dans les archives d'Agra. La documentation se référant à Jean de Bourbon se trouve dans un remarquable ouvrage de base *Les Bourbons de l'Inde*[1], dont l'auteur, Lucien Jailloux, après des recherches exhaustives sur le sujet, fait parler Salvator de Bourbon, le grand-père de l'actuel Balthazar IV.

Les aventures des Bourbons de l'Inde après Jean, le fondateur de la dynastie, font partie intégrante de l'histoire de l'Inde. Certains supposent que Jean de Bourbon avait tout simplement emprunté ce nom illustre, n'étant en fait qu'un imposteur. Je ne vois pas pourquoi il l'aurait fait, puisque, en tout cas à l'époque, les Bourbons étaient inconnus en Inde. De plus, Akbar

---

1. Éditions Christian, 2003.

était bien trop perspicace pour jamais admettre dans son entourage un imposteur.

D'autres s'étonnent que les Bourbons de l'Inde, s'ils appartiennent vraiment à la Maison de France, n'aient jamais cherché à établir des liens avec celle-ci. Jean de Bourbon a toujours été déchiré par le fait que le Connétable était un traître. D'où son hésitation, toute sa vie, à venir en France, ou même à établir un contact avec son pays d'origine. De même, c'est la raison pour laquelle il a voulu que ses descendants, malgré leur illustre origine, soient exclusivement indiens, ce qu'ils sont restés jusqu'à nos jours.

REMERCIEMENTS

Je tiens à remercier pour l'aide qu'ils m'ont apportée dans cet ouvrage :

Balthazar et Elisha de Bourbon ainsi que leurs enfants
Nicolas Foin
La comtesse Boulay de la Meurthe
Sébastien de Courtois
Chantal de Batz
Madame Odile de Crépy
Charlotte Cachin Liebert
Et Marina, qui avec une infatigable patience a lu et relu mon manuscrit pour mieux le corriger.

Du même auteur :

Romans

LA NUIT DU SÉRAIL, Orban, 1982, Folio, 1984.
LA FEMME SACRÉE, Orban, 1984, Pocket, 1985.
LE PALAIS DES LARMES, Orban, 1988, Pocket, 2003.
LE DERNIER SULTAN, Orban, 1991, Pocket, 2003.
LA BOUBOULINA, Plon, 1993, Pocket, 2003.
L'IMPÉRATRICE DES ADIEUX, Plon, 1998, Pocket, 2000.
LA NUIT BLANCHE DE SAINT-PÉTERSBOURG, XO éditions,
    2000, Pocket, 2001, Prix Grand Vefour d'Histoire.
LA CONJURATION DE JEANNE, XO éditions, 2002, Pocket,
    2003.

Récits

CES FEMMES DE L'AU-DELÀ, Plon, 1995.
MÉMOIRES INSOLITES, XO éditions, 2004, Pocket, 2006.

Essais

MA SŒUR L'HISTOIRE, NE VOIS-TU RIEN VENIR ?, Julliard,
    1970, Prix Cazes.
LA CRÈTE, ÉPAVE DE L'ATLANTIDE, Julliard, 1971.
L'OGRE. QUAND NAPOLÉON FAISAIT TREMBLER
    L'EUROPE, Orban, 1978 et 1986.

Biographies

ANDRONIC OU LES AVENTURES D'UN EMPEREUR
    D'ORIENT, Orban, 1976.

LOUIS XIV : L'ENVERS DU SOLEIL, Orban, 1979, Plon, 1986.

Nouvelles

LE RUBAN NOIR DE LADY BERESFORD, XO éditions, 2005.

Albums illustrés

JOYAUX DES COURONNES D'EUROPE, Orban, 1983, Nathan, 1986.
NICOLAS ET ALEXANDRA, Perrin, 1992.
PORTRAITS ET SÉDUCTION, Le Chêne, 1992.
HENRI, COMTE DE PARIS, MON ALBUM DE FAMILLE, Perrin, 1996.
JOYAUX DES TSARS, Presses de la Renaissance, 2006.

www.editions-jclattes.fr

Composition réalisée par IGS-CP

Achevé d'imprimer en avril 2008, en France sur Presse Offset par
Maury-Imprimeur - 45330 Malesherbes
N° d'imprimeur : 137125
Dépôt légal 1ʳᵉ publication : mai 2008
Librairie Générale Française - 31, rue de Fleurus -75278 Paris Cedex 06